La Boîte en fer-blanc

La Boîte en fer-blanc

Roman

Orane

Mon arrière-grand-mère ne se doutait pas qu'un jour son arrière-petite-fille raconterait son histoire. Je suis née le 13 novembre 1965 et c'était une évidence pour mes parents de m'appeler Camille, tant ma ressemblance avec elle était déjà frappante. Oui, j'avais hérité du prénom de cette femme remarquable.

Mais tout d'abord, je vais vous parler de ce magnifique domaine qui a été pour moi un lieu où il faisait bon vivre, un lieu où tout semblait me protéger. Sur les coteaux, proche de la commune de Saint-Vincent-de-Pertignas un village viticole, un domaine de vignobles s'étendait à perte de vue. C'est dans ce paysage qu'une ancienne demeure baptisée La Bastide surplombait les vignes : c'est là que j'ai grandi, à quelques kilomètres de la commune de Saint-Émilion.

Mes premiers souvenirs sont les sourires de ma mère, Adèle, et de mon père, Julien. Ma mère, douce, frêle et discrète, était belle, sa peau était si blanche qu'on aurait dit de la porcelaine. Mon père, lui, était de taille moyenne. C'était un homme d'une grande douceur, un homme généreux et de grande instruction. Il était ingénieur naval et avait reçu une distinction, je ne sais plus pour quelle raison d'ailleurs. Ma tante Marie était fière de me raconter cette histoire. Marie était brune et grande et, contrairement à ma mère, elle était impulsive, revêche, et avait une forte personnalité. C'était elle qui m'avait élevée, quand, malheureusement, un accident de la route avait emporté mes parents. Alors âgée d'une dizaine d'années, je n'ai pas vécu cela comme une souffrance, j'ai toujours imaginé qu'ils étaient partis, tout simplement. Il faut dire que ma tante avait comblé cette absence, tant elle m'aimait. À l'occasion de mes seize ans, elle m'avait remis la médaille que mon père avait reçue et que j'avais accrochée au mur de ma chambre, près des photos de mes parents. Oui, j'étais très heureuse dans cette maison que j'aimais profondément, dont les pierres étaient tellement épaisses que l'on s'y sentait en sécurité. Ma tante aussi partageait cet amour pour La Bastide, pour y avoir vécu des jours heureux avec mes grands-parents et ma mère. Tout ce petit monde vivait ensemble, certains sur des photos accrochées au mur et d'autres, bien vivants.

Il y avait aussi mes amis d'enfance, Mireille et Romain. Mireille était rousse, le visage constellé de taches de rousseur : à l'école élémentaire, on la surnommait « la rouquine ». Elle représentait à mes yeux la sœur que je n'avais pas eue. Lorsque j'avais de la peine, c'était elle qui me réconfortait, et lorsque j'étais en colère, c'était à elle que je m'en prenais. Je l'aimais beaucoup, et pourtant je crois que je ne lui ai jamais dit. Quant à Romain, il était mon protecteur, il veillait sur moi depuis notre première rencontre dans la cour de l'école, à l'âge de six ans. Ainsi, tous les trois, nous étions inséparables, et nous le sommes restés.

J'ai traversé ma scolarité sans embûches. Après mon bac de lettres, je rêvais de devenir journaliste d'investigation : je dois dire que le film *Les Hommes du pré-*

sident y était pour quelque chose. Marie m'avait transmis l'amour de la lecture, je dévorais tous les livres qui me tombaient entre les mains et, du reste, c'était pour moi le meilleur moyen de voyager. Marie n'avait de cesse de me répéter : « La lecture te permettra de faire tous les voyages dont tu rêves. » Et c'était vrai, même si j'avais du mal à quitter ma terre, ma Bastide, il m'arrivait déjà de rêver de Paris, ville magique d'après ma tante, où elle avait vécu et dont elle me parlait parfois, par bribes. Il lui arrivait même de s'arrêter brusquement et de ne pas terminer ses histoires. Je suis certaine qu'elle ne s'en rendait même pas compte, et je sentais bien qu'il s'était passé quelque chose à Paris, dont elle ne souhaitait pas parler.

À cette époque, ma plus belle victoire n'avait pas été l'obtention du bac, mais bel et bien l'enseignement que j'avais reçu de Jean, notre régisseur : la parfaite connaissance des différents cépages, de la vigne à la production. Je savais tout ce qu'il fallait savoir sur le vin, mais ma tante voulait que je fasse une expérience hors du domaine pour que je sois sûre de ne pas me tromper. Elle me disait de parcourir le monde pour mieux revenir. Je ne voulais pas la contrarier, mais parcourir le monde ne m'intéressait pas.

C'est alors qu'elle m'a convaincue de travailler un temps pour le journal de notre commune. « Tu as du talent, me répétait-elle, tu devrais poursuivre dans cette voie », et elle disait à qui voulait l'entendre que j'avais une plume remarquable. J'avais écrit des nouvelles quand j'étais au lycée, et je m'étais occupée d'un petit journal lorsque j'étais en faculté de lettres. Il est vrai que mes professeurs appréciaient ma plume et m'encourageaient tous à m'orienter vers l'écriture. Ma douce Marie, elle, était persuadée que je deviendrais une journaliste reporter reconnue. À cette époque, je n'imaginais pas encore mon avenir, mais j'avais envie cependant de m'essayer au journal de notre commune. Comme d'habitude, Marie m'avait précédée et avait pris contact avec un certain Marcel, le directeur des *Petits Échos*, afin qu'il me prenne dans son équipe. Il avait été un ami d'enfance de mes parents. Comme son nom l'indiquait, ce journal était réellement un tout petit journal. L'équipe se composait de quatre personnes : le directeur, qui s'occupait de la gestion et prenait toutes les décisions, sa sœur Odette, rédactrice en chef, qui rédigeait aussi les chroniques « La mode et les femmes » et « Notre cuisine du terroir », son fils Marc, chargé de la rubrique « sportive » – en fait de sports, cela se résumait au cyclisme et au rugby, ce qui n'avait rien d'étonnant dans le sud-ouest –, quant à moi, j'avais hérité de la chronique des petits faits divers de la commune : chats écrasés et chiens perdus.

Un jour, alors que nous déjeunions, Marie a décidé de me parler d'un homme qui lui avait donné sa chance dans un quotidien à Paris. J'étais stupéfaite. Elle n'avait jamais voulu me parler de cette période de son existence, et là, j'apprenais qu'elle avait travaillé dans un quotidien. J'ai voulu en savoir plus, mais je me suis heurtée à une porte aussitôt refermée. Cela m'a rappelé qu'il y avait eu aussi ce jour où, me trouvant dans les vignes, j'avais surpris des ouvriers en train d'en parler : on avait contacté Marie et elle avait dû rentrer de toute urgence, pour moi, je présume. Lorsque je pense que, par ma faute, elle a dû abandonner sa vie profession-nelle, j'ai tendance à écouter ses conseils et à les suivre ; une manière pour moi d'être reconnaissante. J'espère qu'un jour elle me parlera enfin. J'ai donc passé une année au journal de notre commune, et j'étais également présente pour le do-maine, je ne pouvais pas m'en passer. Dès mon retour à La Bastide, je faisais le tour du domaine avec Jean et nous par-lions durant des heures.

Ma saison préférée était la période des vendanges, Mi-reille et Romain se joignaient à nous lorsqu'ils le pouvaient, et avec nos saisonniers nous passions nos journées dans les vignes : des moments de bonheur je dois dire, dont je me souviens comme si c'était hier. En fin de journée nous étions tous éreintés, et à la tombée de la nuit nous dînions sur la ter-rasse, face aux vignes. C'était un spectacle fabuleux. C'est dans ces moments-là que je savais que jamais je n'abandonnerais nos terres, c'était en moi. Et j'aimais tout autant mon village. C'était une si belle époque ! Les gens s'aimaient, nous avions tous plus ou moins grandi dans des domaines viticoles, et nous partagions l'amour de nos vignes.

C'est à cette même période que j'ai remarqué le chan-gement brusque de ma tante : plus le temps passait, plus elle semblait inquiète. Je me faisais du souci pour elle. Il lui arri-vait d'avoir un visage austère et triste, comme si elle cachait quelque chose. Pourtant, tout allait bien, pour ma part, nous étions heureuses. Un matin, en mai 1982, alors que j'étais dans ma chambre, j'ai entendu les bribes d'une conversa-tion : ma tante parlait au téléphone avec maître Clerc, le notaire de notre village. Elle haussait le ton et apparemment était très contrariée par son interlocuteur. Alors, lorsque nous nous sommes retrouvées pour le déjeuner, je lui ai demandé qui était au téléphone. Elle m'a répondu que c'était une erreur. Je suis restée perplexe mais je n'ai pas voulu insister, car ma tante était une femme que l'on ne contrariait pas, sinon elle devenait si agressive dans sa façon de répondre que l'on préférait s'en tenir là. Mais comme j'avais également hérité de ce fort caractère, le lundi suivant, inquiète, je me suis rendue au cabinet de maître Clerc, pensant bêtement qu'il allait me recevoir et répondre à toutes mes questions. Or il m'a affirmé que la dernière fois qu'il avait parlé à ma tante, c'était à la mort de mes parents. C'était clair, il me mentait également. Mais que se passait-il réellement ? Peut-être étaient-ils amants ? C'était fort possible : ma tante n'avait jamais été mariée, elle n'avait jamais non plus entretenu de liaison suivie, pas à ma connaissance en tout cas, et lui était veuf depuis plus de dix ans. Bref, j'ai fini par croire que je m'étais trompée ce matin-là... J'ai tenté à plusieurs reprises d'en savoir davantage sur le passé de ma tante, mais elle changeait de conversation, l'écourtait, ou encore s'énervait en me suggérant de ne pas insister sinon elle m'enverrait sur les roses. J'adorais la faire sortir de ses gonds : elle était si impulsive qu'elle démarrait au quart de tour.

Encore un bel été qui s'annonçait. Nous étions fin juin, nous avions prévu de partir quelques jours à l'océan près d'Hossegor. Mes amis étaient enchantés. Nous avons passé quinze jours dans une maison au bord de l'océan, une maison appartenant à maître Clerc. Marie avait obtenu les clés contre quelques bouteilles de vin de notre domaine. C'était merveilleux, nous avons pu profiter de l'océan tous les jours. Marie se levait de très bonne heure, elle adorait se baigner alors que l'eau était très froide, contrairement à moi – c'était à peine si je trempais mes pieds dans l'eau en fin de matinée. Bien que la maison fût près de la plage, nous emportions avec nous une glacière ; ainsi, nous déjeunions face à l'océan, abrités sous un parasol. C'était léger mais toujours délicieux. Marie avait le chic pour transformer le moindre repas en un succulent moment gastronomique. J'aurais souhaité cuisiner comme elle, malheureusement ce n'était pas le cas.

Les vacances prenaient fin, il fallait penser à rentrer afin que Jean et sa femme se rendent dans le Vercors pour une visite familiale. La fille de Jean vivait dans le village où se trouvait également la maison dans laquelle il avait grandi jusqu'à l'âge de quinze ans. Il avait été ensuite saisonnier dans le domaine de mes grands-parents, domaine qu'il n'a jamais plus quitté. Quant à sa sœur, elle habitait la maison de leurs parents, depuis leur décès.

Au retour, Mireille et Romain n'arrêtaient pas de se chamailler, ou plutôt de se taquiner. Je crois bien qu'ils se cherchaient. Marie m'avait alors demandé s'ils flirtaient. J'ai ri en répondant : « Non pas du tout, ils plaisantent, voilà tout. » Mais bizarrement, quelques jours après, Mireille et Romain sont arrivés à la maison pour nous apprendre qu'ils allaient se fiancer. J'ai reçu comme un coup de poing au ventre. Cette nouvelle aurait dû me réjouir car j'avais devant

moi mes deux amis qui m'annonçaient une excellente nouvelle, mais je ne sais pour quelle raison, je leur en voulais.
J'avais l'impression qu'ils allaient m'abandonner. Jusque-là,
Romain avait toujours eu un faible pour moi. Un jour où
nous étions encore des adolescents, il me l'avait avoué, et
ma réponse l'avait complètement blessé. Je lui avais dit que
je ne partageais pas ce sentiment, que je l'aimais comme un
frère. Mais il était persuadé que j'avais des sentiments pour
lui, et comme il insistait, je lui ai répondu avec agressivité :
« Tu t'es fait ton cinéma tout seul, je ne ressens rien pour toi,
en tout cas pas de l'amour comme tu l'entends, et je ne t'ai
jamais encouragé en ce sens. Alors, n'insiste pas, il y va de
notre amitié, et je ne veux pas te perdre pour une histoire qui
existe simplement dans ta tête. Tu devrais grandir un peu. »
Je me souviens encore des mots blessants que j'avais pro-
noncés. Il était parti sans se retourner, sans aucune réaction.
Ensuite, il m'avait évité durant plusieurs mois, et c'est
d'ailleurs grâce à Mireille que l'on s'était retrouvé.

Elle avait su le consoler. Elle m'a réellement surprise,
elle était tellement prévisible… Chaque fois, je pouvais de-
viner ce qu'elle pensait, mais là, j'avoue que je n'avais rien
vu. Je n'aurais jamais pensé qu'elle aimait Romain, je veux
dire d'un amour profond, et là, j'apprenais qu'ils se voyaient
en cachette, depuis plus d'un an. Ni l'un ni l'autre ne s'était
trahi. Ce jour-là, je tombais des nues. Ma tante était devant
le seuil de la porte et elle a vu ma réaction. Sans attendre,
elle les a pris tous les deux dans ses bras en leur souhaitant
tout le bonheur du monde, puis elle m'a regardé en disant :
« Camille est tellement heureuse pour vous qu'elle est sans

voix. » Encore une fois, ma tante était venue à mon secours, comme toujours lorsque je perdais pied. Après les félicitations et les larmes, nous avons bu une des bouteilles de champagne que ma tante réservait pour les grandes occasions, et celle-là en était une. Elle avait compris, avant moi, que l'occasion de m'émanciper était venue et qu'il fallait que je trouve à mon tour chaussure à mon pied.

Je n'avais pas encore rencontré l'âme sœur. Certes, j'avais eu plusieurs flirts, rien de plus que de petites aventures, mais à mon âge je n'avais connu aucune expérience sexuelle. Lorsque j'en parlais avec Mireille, elle disait : « si tu n'es pas prête, ne le fais pas, tu penses peut-être qu'il faut un âge pour le faire » elle disait alors que je devais avoir peur de me lancer, or, je gardais au fonds de moi, la vrai explication : à savoir que lorsque je le ferai, il faudrait que j'entende un concerto dans ma tête, quelque chose qui me ferait vaciller. Pour moi, même le mariage était impensable : je ne voulais pas que l'on me mette la corde au cou, j'espérais pouvoir faire ce que je voulais, quand je le voulais. Aussi, je faisais croire que j'avais vécu plusieurs histoires avec ou sans relations sexuelles. Ça choquait certaines de mes camarades, mais ça m'amusait énormément, car les rumeurs, dans ces cas-là, vont bon train. Et puis de toute façon, même si l'on n'a pas eu de relations, certains jureront le contraire, alors ça ne change rien. J'avoue que je me posais parfois des questions car jusqu'à présent, je n'avais pas eu le coup de foudre pour quelqu'un. Je me disais alors que peut-être cela ne m'arriverait jamais.

Mais un jour – car ce jour béni est arrivé –, alors que nous étions à Bordeaux où je m'étais rendue avec Jean à l'occasion de la foire aux vins pour présenter nos produits à des négociants, je suis tombée nez à nez avec un homme d'une rare beauté. J'ai eu le coup de foudre tant attendu. Mais ce que je n'avais pas prévu, c'est que je rougirais comme une tomate et qu'il s'en rendrait compte. Il s'est avancé vers moi et m'a dit : « Bonjour, permettez-moi de me présenter, je m'appelle Paul Bricourt. Je vous ai aperçue dans la salle tout à l'heure, vous êtes négociante ? » « Oui, mais pardonnez-moi, je suis attendue, je dois vous laisser. », Il accompagnait son père, propriétaire aussi d'un domaine viticole. Je n'ai pas pu prononcer d'autres mots car j'ai senti que je rougissais, et chacun est reparti de son côté. Paul était grand, mince, brun avec des yeux verts. Il était conscient de sa beauté car il jouait du regard, en souriant. Mon Dieu, je ne parvenais pas à le quitter des yeux ! Dès qu'il me regardait, je tournais la tête, tout en tentant avec difficulté de le regarder du coin de l'œil. Mais au bout d'un moment, comme il bougeait beaucoup, je ne savais plus de quel côté tourner mes yeux. Je n'avais jamais dévisagé un homme comme je le faisais. Jean me parlait, et moi je répondais sans même l'écouter. Au bout de quelques minutes, il m'a pris le bras et m'a secouée. J'ai retrouvé ma lucidité et j'ai vu ce jeune homme me sourire et me faire un signe. Je me suis retournée pour savoir si c'était à moi qu'il s'adressait. Mais oui, c'est à moi que ça s'adresse ! Je devais être écarlate car je sentais le feu monter en moi. J'ai dit à Jean que je sortais un petit moment prendre de l'air, mais je n'étais pas seule, le jeune homme emboîtait mon pas. J'ai ralenti, fait exprès de me baisser pour refaire mon lacet. Quand je me suis relevée, il était à quelques centimètres de moi. Il sentait tellement bon... Il m'a dit : « Je peux vous offrir quelque chose à boire ? » J'ai répondu : « Oui, avec plaisir. » Sauf que je n'aime pas le soda, et qu'à part ça il n'y avait pas grand-chose à la buvette à l'entrée du chapiteau. Mais ça, il ne le savait pas, alors je n'allais pas le lui dire, il fallait que je fasse sa connaissance. Il est revenu avec un Coca-Cola. Je l'ai tenu durant plus d'une demi-heure dans ma main, qui d'ailleurs commençait à transpirer. Dans mes baskets aussi, je transpirais. Je me disais : « Quelle sotte tu fais ! Une jeune fille de ton âge, mettre une paire de baskets en plein été ! » C'est là que j'ai pris peur. Je me demandais s'il ne se dégageait pas une odeur malodorante de mes pieds qui transpiraient de plus en plus, et comme je ne parvenais pas à sentir une quelconque odeur, je me suis mise à reculer. Au bout d'un moment, il m'a demandé : « Vous avez un problème ? » J'ai répondu : « Non, pas du tout. » Il continuait à avancer, moi à reculer, et il a remis ça : « Je vous fais peur à ce point ? » Cet idiot venait de me mettre dans l'embarras, alors j'ai dit : « En fait, j'ai des ampoules aux pieds, rien de grave mais ça me gêne, alors je dois me déplacer. » Plus je m'embourbais dans mes mensonges, plus il souriait. Enfin, je me suis arrêtée net, et là il m'a appris qu'il était cardiologue. Il travaillait à l'hôpital de Bordeaux, c'était sa première année. Son père était le propriétaire du domaine viticole Saint-Clar, à quelques kilomètres de Saint-Émilion. Une exclamation est sortie de ma bouche : « Ah oui ! Ça explique votre présence ici… » Quelle courge ! Les personnes présentes ce jour-là étaient forcément de la partie ! Très vite j'ai ajouté : « Tout comme moi, je suis avec notre régisseur. Ma tante et moi sommes propriétaires d'un domaine à Saint-Vincent-de-Pertignas, Le Clos Desgranges. » « Quelle coïncidence ! J'ai déjà entendu parler de votre domaine par mon père. Je vais vous le présenter si vous avez un peu de temps. » « Oui volontiers. » De mon côté, je suis allée chercher Jean qui m'a carrément engueulée d'être partie durant la négociation. Je lui ai expliqué que j'étais avec le fils du propriétaire du domaine Saint-Clar et Jean m'a dit : « Je ferais bien la connaissance de ce monsieur, il a un beau domaine. » C'est ainsi que nous nous sommes retrouvés tous les quatre à boire un autre soda devant la coopérative. En partant, Paul m'a demandé mon numéro de téléphone et m'a donné le sien. J'étais toute excitée : ça y est, j'étais tombée amoureuse, Paul m'avait enchantée…

Arrivée à La Bastide, j'ai couru vers Marie. Mais avant que j'en parle, Jean m'avait précédée. Du coup, Marie m'a demandé qui était ce charmant jeune homme qui m'avait mis la tête à l'envers : « Alors Camille, apparemment tu as laissé Jean en plan… », « Ah ! Je vois, Jean est déjà passé par là, très bien ! » Je lui ai pris le bras, et nous nous sommes dirigées vers la terrasse. « Assieds-toi ma tante, je vais nous préparer un thé et j'arrive. Je vais tout te raconter. » Je lui ai tout dit, ne négligeant aucun fait. Elle était très heureuse pour moi et elle m'a tout de suite proposé : « Tu devrais l'inviter pour dîner samedi soir, on va mettre les petits plats dans les grands. Et pour le mettre à l'aise, invite donc également Mireille et Romain. » « C'est une excellente idée. Oh Marie, comme je suis heureuse ! » « Tu n'as pas besoin de le dire, tu sais, on peut le voir dans tes yeux. » « Crois-tu que Paul soit tombé amoureux de moi ? » « Je pense que tu ne lui es pas indifférente, sinon, il ne t'aurait pas suivie. » « Oui, c'est vrai, donc il est amoureux de moi… » « Ma petite fille, une chose après l'autre, crois-moi. À votre prochain rendez-vous, tu pourras le voir. » Marie m'a prise dans ses bras et a ajouté : « Ma chérie, je te souhaite d'être heureuse chaque jour qui passe. Mais vois-tu, la vie apporte quelquefois ses lots de malheurs, et là, il faudra vivre, un jour après l'autre, et se dire que d'autres moments de bonheur viendront par la suite, crois-moi. Et aussi bizarre que cela puisse paraître, tu ne te souviendras que des moments de bonheur. On ne se souvient pas de la densité d'une douleur, alors savoure chaque seconde de ce bonheur ! » Lorsque Marie me parlait ainsi, elle avait toujours une profonde tristesse dans les yeux. C'est vrai, j'avais tendance à croire que nous pouvions être maîtres de notre vie, et faire en sorte d'être toujours heureux, en tout cas, j'aimais à le croire.

Samedi est très vite arrivé. J'avais tenté en vain de me trouver une tenue « un peu sexy », mais en fait je me suis rendu compte que je n'en avais pas. J'ai vidé mon armoire et ma commode : rien de féminin à l'horizon ! Je me suis mise à pester contre moi-même. Marie est intervenue et m'a proposé une robe qui lui avait appartenue. Je l'ai essayée, elle était magnifique, mais je n'avais pas les chaussures qui allaient avec. J'ai tout envoyé balader et je me suis enfermée dans ma chambre. Marie est entrée et m'a proposé d'aller à

Bordeaux faire les vitrines pour me trouver des chaussures. Du coup, j'ai aussi regardé les robes. Heureusement que Marie m'avait accompagnée, j'ai fini par trouver ma robe : elle était bleu ciel avec un superbe décolleté. Dans mes ballerines blanches, je ressemblais à un ange, me disait Marie. Avec tous les efforts que je venais de faire, j'étais d'accord avec cette comparaison.

Ce soir-là, Marie nous a préparé un poulet fermier rôti avec des blettes et des pommes de terre vapeur, une tarte aux prunes pour le dessert : un vrai bonheur ! Mireille et Romain sont arrivés les premiers. Ils s'étaient surpassés : costume pour Romain et superbe robe pour Mireille. Sachant que Paul était médecin cardiologue, ils ont voulu lui faire une bonne impression et m'ont inondée de questions. Je leur ai expliqué que c'était un homme simple, issu d'une famille de vignerons, que son père régnait sur le domaine, et qu'il s'était plié à la passion de son fils car Paul n'était pas fait pour les vignes : tout jeune, il était passionné par la médecine et il avait fini par se spécialiser en cardiologie. Son père était fier de lui. Et puis il y avait son oncle qui était le régisseur du domaine, tout ça restait en famille. Paul est enfin arrivé, en jean, chemise et baskets. J'avais tout faux et mes amis aussi. On s'est tout de suite trouvés ridicules : Paul avait choisi cette tenue pour moi, et moi je voulais l'épater. On s'est tous regardés et on a éclaté de rire. La soirée commençait bien ! Paul n'avait d'yeux que pour moi. Marie avait raison, il en pinçait pour moi... Nous avons passé une excellente soirée. À la suite de ce premier rendez-vous, nous nous sommes revus plusieurs fois à Bordeaux : en l'occurrence, je le rejoignais sur son lieu de travail.

Nous étions au mois d'août. Un superbe soleil pointait son nez. J'étais dans ma chambre et je pensais à Paul, quand j'ai entendu Marie m'appeler. Je suis descendue. Elle m'a tendu le téléphone : « C'est pour toi, c'est Paul… » Marie n'avait pas fini de parler que je lui avais arraché le combiné des mains. Paul me proposait un week-end à l'océan en compagnie de Mireille et de Romain. Il voulait me présenter à sa mère puisque j'avais déjà rencontré son père à l'occasion de la fête des vins. Il souhaitait que l'on fasse une étape le samedi soir, à son domaine. J'étais emballée. Vivement vendredi soir ! On dînerait tous ensemble et nous passerions la nuit à La Bastide avant de prendre la route le samedi matin. Ce soir-là, j'avais choisi une belle robe jaune paille avec de fines rayures bleues et roses. C'était une robe portefeuille : au moindre souffle de vent le pan de la robe s'ouvrait, et on pouvait apercevoir ma jambe. Je trouvais cette robe assez représentative de ce que je ressentais pour Paul. Mes petites ballerines rouges me donnaient un côté enfant. Je me trouvais pas mal du tout. J'avais laissé mes cheveux châtains en bataille, dans un style sauvageon, limite champêtre. Ne dit-on pas que les plus beaux fruits viennent de nos campagnes ? Rien qu'à cette idée, je me sens presque indécente… Mireille et Romain sont arrivés avant Paul. Marie m'a demandé de choisir une bouteille de vin, de nos meilleures années : j'en ai rapporté trois, sait-on jamais. Jean me répétait sans cesse : « Ton grand-père disait qu'on ne boit jamais assez de vin. » Lorsque je lui répondais « tu veux dire du bon vin ? », il rétorquait « si ce n'était pas le cas, ce ne serait pas du vin mais de la piquette ! », et on éclatait de rire. J'aurais aimé, en effet, connaître mon grand-père, je crois que nous nous serions bien entendus. Jean a eu la chance d'avoir été son élève, ainsi il marchait sur ses traces. Enfin, Paul est arrivé. Un baiser furtif à la grille et nous nous sommes dirigés vers la terrasse où nous attendaient Marie, Mireille et Romain. Je me suis rendue à la cuisine et Marie m'a dit : « Il est beau comme un dieu, je le trouve charmant, il te dévore des yeux. », « Je suis si heureuse ma tante ! » Nous nous sommes attablés : bien évidemment, c'était un régal. Paul m'a demandé si je cuisinais aussi, je lui ai répondu que j'étais l'assistante de Marie – un petit mensonge pour couper court, un regard du côté de Marie qui enchaîna : « Oui, Camille est une véritable assistante. » Sur ces entrefaites, je me suis levée de table et je me suis adressée à nos convives : « Sachez que mon rôle est un des plus importants, car je dois choisir le vin qui s'harmonise avec les plats, et c'est essentiel. » Personne n'a été dupe : « Nous mesurons totalement ton rôle en tant qu'assistante ! » Les sourires éclairaient chaque visage.

Je n'oublierai jamais cette soirée avec Paul, car c'est ce soir-là que j'ai su que nous étions faits l'un pour l'autre. Les questions fusaient, les réponses moins, les regards des uns et des autres étaient illuminés et rieurs, nous passions une merveilleuse soirée. En attendant le café que les femmes allaient apporter, Paul et Romain se sont éloignés sous la tonnelle. Dans la cuisine, Mireille m'a dit : « Paul est fantastique, tâche de le garder. », « Je sais, Mireille, t'inquiète, je sais. »

Et puis ça me rendait fière d'être au bras d'un homme aussi beau. Marie est venue nous rejoindre. Tout en me regardant, elle m'a demandé : « Qu'est-ce qui te chagrine Camille ? » Elle me connaissait si bien… Je lui ai dit que Paul parlait déjà de vie commune, de mariage, d'enfants, j'avais l'impression que ça allait trop vite. Elle m'a souri : « Camille, tu passes de merveilleux moments avec lui, tu l'aimes et lui aussi t'aime. Tu sais bien, tu vas bientôt partir à Paris, et c'est le meilleur moyen pour toi de savoir si tu tiens vraiment à lui. De toute façon, cette distance te fera le plus grand bien, elle te permettra de vivre quelque temps toute seule et d'apprécier aussi ces moments, car la vie est si courte, il faut te donner la possibilité de découvrir d'autres horizons et de les savourer pour toi seule. Tu verras, tu en seras enchantée. » Après les cafés et les digestifs, tout le monde est monté se coucher. Paul est resté dans la chambre du bas. Quant à moi, j'étais dans ma chambre à l'étage avec Mireille. Elle avait emporté avec elle plusieurs toilettes, elle adorait ça. Sa mère avait un atelier de confection. C'était une fée : elle réussissait à copier tous les modèles que sa fille voyait dans les magazines de mode. Romain se faisait du mouron, il me disait souvent : « Heureusement que nous ne vivons pas encore ensemble, car elle nous aurait déjà ruinés ! » C'est vrai qu'elle suivait la mode ; d'ailleurs, elle aurait préféré vivre à Bordeaux, mais depuis le décès de son père elle s'était résignée à ne pas quitter sa maman qui, elle, n'aurait sous aucun prétexte quitté son village, où elle était née.

Au matin, nous étions tous réunis sous la tonnelle en buvant un café bien chaud. Paul faisait vrombir son moteur, il avait déjà mis dans son vieux Range Rover, cabas et sacs. J'embrassais Marie, et nous sommes partis. Le voyage était agréable, nous avons chanté tout au long du trajet. Juste avant d'arriver, nous nous sommes arrêtés pour faire le plein de carburant et prendre un café. C'est là que Mireille a tenté de savoir si j'avais eu des relations sexuelles avec Paul. Je l'ai laissé mariner dans le doute. Elle était furieuse et ça me faisait rire. Les garçons nous demandaient ce qu'il nous arrivait et, bien entendu, nous mentions sur le sujet de nos rires.

Nous sommes enfin arrivés à la propriété : le domaine sur les coteaux était magnifique. L'oncle de Paul nous attendait à la grille. Après nous avoir souhaité le bonjour, il s'est entretenu avec Paul. Apparemment, ses parents n'étaient pas au domaine, ils étaient partis visiter de la famille dans le Var. Nous avons également remarqué que l'oncle aussi s'était éclipsé peu après notre arrivée car nous ne l'avons pas revu de tout le week-end. Après avoir fait le tour du propriétaire, Paul nous a conduits à ce qui allait être nos chambres pour la nuit. Mireille et Romain ont pris la chambre d'invités, et moi j'ai hérité de la chambre de son jeune frère. Tout était parfait ce soir-là. Paul et Romain se sont occupés des grillades de poisson, Mireille et moi des salades. Nous avons dîné et nous sommes allés nous coucher, Paul m'a accompagnée à ma chambre, m'a souhaité une bonne nuit, et j'ai fermé la porte. Il est resté un long moment devant, puis j'ai entendu ses pas s'éloigner. J'ai pris une douche pour me rafraîchir et me suis allongée. Mais au bout d'une heure, je ne parvenais toujours pas à dormir. Alors je me suis levée et je suis descendue dans la cuisine. Je me suis fait une tisane et je suis allée sur la terrasse. Il y avait une douce brise, je sentais l'odeur des vignes, la même odeur qu'à La Bastide. J'ai entendu du bruit derrière moi, c'était Paul. Il était torse nu, en caleçon. Il s'est avancé vers moi, m'a enlevé la tasse des mains, m'a étreinte contre lui et là, il m'a embrassée avec une telle puissance que je ne parvenais plus à respirer. C'est alors qu'il a ôté ma chemise de nuit, il m'a contemplée longuement, et m'a murmuré : « Qu'est-ce que tu es belle ! Tu es magnifique ! J'ai eu envie de toi dès notre première rencontre. » Il a posé un immense plaid sur le sol, a retiré ma pince à cheveux, a enlevé son caleçon et nous nous sommes allongés sur le plaid. Sa peau était chaude et douce. Nous avons fait l'amour toute la nuit, c'était à la fois doux et fort. Dès le lever du jour, la lumière nous a réveillés. Les premiers rayons de soleil caressaient notre peau. Nous avons regagné nos chambres respectives avant le réveil de Mireille et de Romain. Il était près de sept heures du matin. Après une bonne douche, nous nous sommes retrouvés tous les quatre sur la terrasse pour le petit-déjeuner. Toujours pas la moindre trace de l'oncle ! Mireille avait tout préparé. Elle me regardait avec un étrange sourire. Je l'ai rejointe dans la cuisine et je lui ai demandé : « Pourquoi ce sourire ? » Elle sifflotait. C'est alors que je me suis mise à rire. « Ah ! Tu l'as fait, je le savais, tu as fait l'amour avec Paul ! » Je lui ai fait signe de se taire : « Chut ! Romain pourrait t'entendre ! » « Et alors quoi ? Romain s'en doutait hier soir, il a bien vu que Paul te mangeait des yeux, il ne tenait plus. Pourquoi crois-tu que nous sommes allés nous coucher de bonne heure, prétextant d'être fatigués ? Alors, raconte ! »

« Non, pas maintenant, lorsque nous serons seules. »
« D'accord, mais je ne te lâcherai pas jusqu'à ce que tu me racontes tout ! » « O.K., c'est promis. » Après le petit-déjeuner, nous avons pris la route vers l'océan. J'ai laissé ma place arrière à Romain et je me suis assise devant avec Paul. Ils n'étaient pas dupes, mes amis, ils ont bien vu que je souhaitais être près de l'homme que j'aimais. J'étais radieuse, mon cœur s'emballait, nous étions jeunes, beaux et si heureux d'être ensemble ! On devrait immortaliser chaque moment heureux de notre vie, me suis-je dit. Arrivés sur la plage, Mireille et moi sommes restées sur les serviettes car l'océan était trop agité. Paul et Romain ont pris leur planche de surf et sont allés directement dans l'eau. J'ai tout raconté à Mireille, comment avait été ma première nuit d'amour. « C'était magique, Mireille, j'ai aimé explorer chaque partie de son corps sans exception, il a une peau tellement douce et sensuelle ! J'ai ressenti profondément le besoin de l'avoir dans moi. Lorsqu'il m'a pénétrée, c'était chaud, je ne voulais pas que ça s'arrête, c'était tellement intense ! » Mireille me regardait avec des yeux ronds. « Mais je ne t'ai jamais vue ainsi ! Tu es bien accrochée, ma petite, ça été si rapide… » « Vois-tu Mireille, Paul et moi c'était une évidence. Marie me disait souvent de ne pas perdre patience, que je rencontrerais l'âme sœur et que ce serait un déclic pour moi. Tout au long de mon adolescence, j'ai flirté sans aller plus loin, je n'avais jamais ressenti ce que je ressens pour Paul. Rappelle-toi, tu disais que je ne m'intéressais pas au sexe mais c'était faux, je ne voulais pas faire l'amour pour faire l'amour, je voulais que ce moment soit inoubliable pour moi, et ça l'est.

J'ai eu un coup de foudre pour Paul, et voilà, je suis sur un nuage. » « Oh Camille, je suis si heureuse pour toi ! L'essentiel c'est que vous vous aimiez. Lorsque tu apparais, il est complètement subjugué par toi. Même Romain n'a jamais eu ce regard pour moi ! » « Mais ne sois pas bête Mireille, Romain t'aime. Simplement il n'est pas aussi démonstratif. Tu ne t'en rends pas compte, mais je connais bien Romain et je le vois dans ses yeux : il t'aime énormément. » « Oui, je sais Camille, Romain m'aime, mais il n'y a pas cette lumière qui brille dans les yeux de Paul lorsqu'il te regarde. On a l'impression que personne n'existe plus, à part toi, ma Camille. Je suis très heureuse pour vous deux. Allez, assez de bavardage, allons rejoindre nos moitiés ! »

Il était près de 19 h lorsque nous avons décidé de reprendre la route pour La Bastide. Le matin, nous avions emporté nos cabas et nos sacs afin de ne pas repasser par le domaine de Paul. Nous sommes arrivés dans la nuit. Après le départ de Mireille et de Romain, j'ai invité Paul à rester, mais il a refusé en me disant qu'il devait être de bonne heure à l'hôpital. Je savais bien qu'il mentait : il avait peur de la réaction de Marie et voulait prendre son temps avec elle… Au petit matin, Marie m'attendait sur la terrasse. Dès qu'elle m'a vue, elle a su. « Alors c'est chose faite, n'est-ce pas ? » « Oh Marie, c'était merveilleux ! Ça s'est passé exactement comme tu me l'avais dit. Je l'aime tant ! », « Je sais Camille, tu n'as pas besoin de le dire, crois-moi. Tu le regardes comme je regardais François… » J'ai pris ma tante par la main, et je lui ai dit : « Pourquoi ne veux-tu pas me raconter ton histoire avec François ? » « Parce qu'il n'y a rien à raconter. Une relation très brève… Et puis la vie en avait décidé autrement, ou peut-être qu'il ne tenait pas suffisamment à moi, autant que je tenais à lui. Et puis il ne s'agit pas de moi, je n'ai pas envie d'en parler, je te l'ai déjà dit. Allez, ouste ! Tu vas être en retard au journal ! » « Tu as raison, je m'en vais. À ce soir ! »

Nous nous téléphonions tous les jours avec Paul. Quelquefois, il venait me rejoindre au journal et nous déjeunions ensemble, puis il reprenait la route. L'été touchait à sa fin, nous étions en septembre. Mireille entamait sa dernière année d'études d'infirmière. Pour Romain, c'était aussi la dernière. Finalement, il ne voulait plus se spécialiser en cardiologie, il souhaitait remplacer le médecin de notre commune afin de rester près de Mireille. Il était fils unique. Après un douloureux accouchement, sa mère avait eu des complications et n'avait pas pu avoir d'autres enfants. Pour Mireille c'était différent : elle souhaitait travailler à l'hôpital de Bordeaux, et j'étais heureuse pour elle car Paul lui avait promis qu'elle pourrait intégrer son équipe en cardiologie. Elle était hébergée par la sœur du médecin de notre village, elle-même infirmière à l'hôpital de Bordeaux, et Romain chez sa cousine, proche de la faculté de médecine. Je ne les voyais plus beaucoup et ils me manquaient. Pour Paul, sa première année était difficile, il fallait qu'il s'intègre dans l'équipe. Il ne me consacrait que peu de temps, et je devais attendre les week-ends où il n'était pas de garde. Mais j'avais le journal, et, d'après le courrier que je recevais de mes lecteurs, mes petites chroniques plaisaient.

Un jour, ma tante m'attendit à la sortie du journal. Je fus surprise de la voir là. Elle tenait à la main une lettre qu'elle m'a tendue. Celle-ci attendait une réponse. C'était un quotidien parisien, le même journal où avait débuté ma tante : on m'offrait la possibilité de travailler chez eux. Ils avaient lu les nouvelles que j'avais écrites, et apparemment ils les trouvaient intéressantes. J'étais très heureuse. Cependant j'ai ressenti une grande tristesse de devoir quitter ma tante, et surtout Paul. Comment allait-il réagir ? C'est alors que Marie m'a prise dans ses bras et m'a dit : « La Bastide et moi, nous serons toujours là, tes amis aussi. Et Paul, s'il t'aime, il comprendra. Et puis si nous te manquons trop, tu n'auras qu'à revenir. Mais je t'en prie, fais un essai, tu as réellement du talent, et je sais très bien que tu aimes écrire. Marcel est fier de toi, et les éloges ne manquent pas. Je suis certaine que tu aimeras Paris : il y a tant de merveilles à découvrir, c'est une grande et magnifique ville ! Tu pars une année, ça passera très vite. Camille, la décision te revient, je te soutiendrai quoi que tu fasses. » Elle m'avait convaincue. De plus, je voulais vraiment découvrir Paris.

Le lendemain, j'ai pris ma journée. Je voulais annoncer ma décision à Paul et à mes amis. Je suis partie pour Bordeaux tout émoustillée. Lorsque je suis arrivée près de la faculté de médecine, je suis tombée sur Romain et je le lui ai dit. Il était ravi pour moi. Du coup, nous avons décidé de nous retrouver tous à La Bastide le week-end suivant. J'étais impatiente d'aller à l'hôpital voir Paul. Je l'ai aperçu à l'entrée du parc, il discutait avec un collègue. Dès qu'il m'a vue, il a pris congé de ce dernier et il s'est dirigé vers moi en me souriant. Je me suis blottie dans ses bras et il m'a serrée contre lui. Il était si heureux de me voir... Quand je lui ai appris la nouvelle, le sourire a disparu de son visage, laissant place à une tristesse. Il avait peur de me perdre. Je lui ai dit que rien ni personne ne pourrait changer les sentiments que j'avais pour lui. « Je t'aime, mais il est important pour moi que tu me comprennes, j'ai besoin de faire cette expérience. Et puis de toute façon, nous pourrons nous voir quelques week-ends : je reviendrai à La Bastide et tu m'y rejoindras. Et si tu peux avoir un week-end, tu pourras aussi venir à Paris, ce n'est pas le bout du monde. Allez, ne fais pas cette tête-là, je suis venue t'inviter pour samedi prochain, nous en reparlerons. Souris-moi plutôt, et pense à moi. Je t'aime ! » Je l'ai embrassé et je suis repartie aussitôt.

Le samedi, j'ai attendu avec impatience la fin de la journée pour voir Paul. Il était là, mes amis aussi. Jean et Blanche se sont joints à nous. Nous avons beaucoup parlé des cépages et des différentes manières d'augmenter notre production à l'exportation. En fait, je me suis aperçue que Jean redoutait mon départ, alors qu'il m'avait toujours soutenue dans mes choix. Mais je me demandais aussi s'il n'y avait pas autre chose. Quelques bouteilles plus tard, je me suis levée de table, un verre à la main, et je me suis adressée à tout le monde, en particulier à Paul : « Comme vous le savez, je compte partir un an à Paris, dès la prochaine rentrée. Cela va me permettre de vivre une expérience professionnelle importante car c'est un journal qui a sa part de marché à Paris, et c'est vers cet univers tellement attractif qu'il me faut me tourner désormais si je veux en faire mon métier.

Mais il faut que je vous dise à tous que vous me manquerez ! » Et tout en regardant Paul, j'ai ajouté d'un ton doux : « Tout particulièrement ce beau jeune homme. » Paul s'est levé, m'a pris la main et m'a dit combien il m'aimait. On s'est embrassés pour la première fois sous les regards des autres. Cette belle soirée touchait à sa fin. Paul a dû rentrer tôt car il comptait passer le dimanche chez ses parents. Je suis restée songeuse, ce soir-là, à penser à tout ce que j'allais laisser derrière moi. Marie avait raison : il ne faut jamais être pressé, notre cœur reconnaît son âme sœur. Ensuite, tout devient possible et s'enchaîne vite, comme si cela était déjà écrit, comme si nous l'avions toujours su. C'était tout de même incroyable ! Paul vivait à quelques kilomètres et nous ne nous étions jamais rencontrés… Ce soir-là, j'ai su que Paul était gravé dans mon cœur et ne le quitterait jamais plus, il m'avait totalement conquise.

L'heure de quitter La Bastide approchait à grands pas. Nous avions décidé, avec Marie, de fêter mon anniversaire un mois avant la date : en effet, je devais être à Paris au plus tard le 5 novembre. Nous avons passé un mois de septembre assez mouvementé. Chacun avait repris le collier, sauf moi, mais j'étais très occupée avec les vendanges. Jean était toujours nerveux durant cette période, et moi, j'avais beaucoup de peine car c'était ma dernière vendange avant le grand départ. Le 13 octobre au matin, je me suis rendue à Bordeaux pour m'acheter une nouvelle robe à l'occasion de mon anniversaire. Je devais aussi déjeuner avec Paul. J'ai fini par trouver une superbe robe, avec une belle paire de chaussures à talons : c'était une première pour moi, car je ne me voyais pas marcher avec des talons, j'ai toujours pensé qu'il fallait avoir pris des cours, pour se faire. J'étais souvent vêtue en jean et tee-shirt ou jean et pull, mais depuis que j'avais rencontré Paul je m'habillais souvent en robe ou en jupe, avec des ballerines. Donc, ce soir, j'allais les surprendre tous avec mes chaussures à talons... si j'arrivais à les porter jusqu'en fin de soirée. Quand je suis arrivée à l'accueil de l'hôpital, j'ai fait appeler Paul. Il est apparu avec le même sourire que d'habitude. Nous avons déjeuné à la cafétéria de l'hôpital. J'aimais le taquiner, et ce jour-là, ça n'a pas manqué : je lui ai dit que si ses patients arrivaient à s'en sortir, la nourriture qu'ils servaient à la cafétéria les condamnerait sûrement. Il m'a fait de gros yeux, craignant que quelqu'un ne m'entende. Une fois le déjeuner fini, nous sommes allés faire quelques pas dans le parc. Paul a sorti un petit écrin et me l'a tendu. Je ne m'y attendais pas, j'ai été prise de court et je suis restée un moment à regarder l'écrin. « Tiens, c'est pour toi, je voulais te l'offrir avant ce soir, tant que nous sommes seuls tous les deux. » J'ai ouvert la petite boîte et j'ai été émerveillée : elle contenait une magnifique bague. « Paul, elle est incroyablement belle, elle est superbe, je ne peux pas accepter... », « Camille, ça me fait très plaisir de t'offrir cette bague, d'autant plus qu'elle a appartenu à ma grand-mère. J'ai dû la faire retailler car tu as des doigts tellement fins... Il faut que tu saches, Camille, que tu es la femme avec qui je veux passer le restant de ma vie, je veux m'endormir auprès de toi, me lever auprès de toi, je veux que tu portes nos enfants. » « Paul, tu me demandes de t'épouser, c'est bien ça ? » « Oui, Camille, j'ai l'honneur de te demander ta main, je souhaite que tu deviennes ma femme. Tu ne dis rien, me suis-je trompé ? » « Bien sûr que non, je veux dire bien sûr que oui, enfin, je m'embrouille… Tu ne t'es pas trompé, je t'aime et je souhaite passer le reste de ma vie à tes côtés. Et bien sûr que j'accepte ta proposition. J'en serais très heureuse, mais je pars demain à Paris, je ne sais pas si c'est le bon moment, le moment est peut-être mal choisi… » « Comment ça, ce n'est pas le bon moment ? Je ne comprends pas ! Qu'importe le moment, puisqu'on désire la même chose et que l'on s'aime ! » C'est à ce moment précis que j'aurais voulu être ailleurs. J'étais pétrifiée. L'homme que j'aimais me demandait de l'épouser, et moi, la seule chose qui me venait à l'esprit, c'était m'enfuir. Je me rendais compte que je n'étais pas prête. « Dis quelque chose, je t'en prie ! » J'ai fini par me raisonner et j'ai lâché : « Mais oui, je t'aime Paul et je souhaite t'épouser, mais tu me prends de court, j'ai été très surprise. » « Camille, je suis un grand garçon, ça ne change rien. Je sais bien que tu pars pour un an, mais nous pouvons fixer la date de mariage pour la rentrée prochaine, lorsque tu reviendras. Tu veux bien ? » « Oui, oui, bien sûr, rien ne nous empêche de fixer la date… » Paul paraissait tellement heureux que je n'ai pas eu le courage de lui dire qu'il me semblait que tout allait trop vite, qu'on devait tout simplement attendre que je revienne pour en parler. C'est là qu'il m'a regardée et m'a déclaré : « Cette bague, désormais, est le lien qui nous unit à jamais. » C'est avec cette phrase qu'il m'a littéralement glacé le sang. Je suis restée sans voix et sans aucune réaction. Paul m'a enlacée et m'a embrassée tendrement. En m'éloignant, je réalisais que je venais de me lier, un sentiment étrange, m'envahissait, je ne parvenais pas à savoir quoi. Puis j'ai regardé l'heure. Je savais que Marie m'attendait et qu'elle ne serait certainement pas contente : je lui avais promis de rentrer tôt.

Je suis arrivée vers 16 h à La Bastide. Marie était en colère : je devais l'aider à préparer le dîner et faire ma valise. Pour l'amadouer, je lui ai montré la bague que m'avait offerte Paul. Elle l'a longuement regardée et m'a dit : « Ma chérie, comme je suis heureuse pour toi ! » Mais en voyant mon visage, elle a compris que quelque chose clochait. « Viens t'assoir près de moi, et dis-moi ce qui te tracasse. » « J'ai peur, Marie, je crois que je viens de mal me comporter avec Paul. Il veut m'épouser en septembre de l'année prochaine et il souhaite fixer la date. » « Mais tu l'aimes, n'est-ce pas ? » « Oui, bien sûr je l'aime, mais je ne sais pas si je serai prête pour le mariage, dans un an. Et puis je ne peux pas faire ce genre de projet. Et si pour une raison ou une autre, je changeais d'avis ? Il m'en voudrait tellement ! J'ai peur de vouloir autre chose, tu comprends ? Je suis perdue, je ne veux pas souffrir… » « Mais Camille, tu ne dois pas penser à ça, tu dois te dire que c'est merveilleux de s'aimer. Dans un an, si tu n'es pas prête et si tu souhaites repousser la date de mariage, Paul t'aime. Vous n'êtes pas obligés de programmer ce mariage dès à présent, mais il faut le lui dire, il comprendra sûrement. » « Non, j'ai senti qu'il tenait à ce mariage, et j'aurais peur de le perdre. » « Ah ! parce que tu crois qu'en te taisant, c'est mieux ? Tu culpabiliseras, et ça te rendra triste. » « Tu as raison, mais je ne vais pas avoir le courage de le lui dire maintenant. Regarde, toi, tu as bien souffert ! » « Camille, veux-tu te taire ! Écoute-moi, ma belle, ma vie n'est pas la tienne, arrête de vouloir à tout prix comparer ce que j'ai vécu avec ton histoire ! Ton histoire t'appartient, elle est belle, et elle n'a rien à voir avec la mienne. Je venais d'arriver à Paris, je débutais alors au journal. François construisait sa vie autour de missions humanitaires, il avait quinze ans de plus que moi, il ne vivait que pour son travail. Moi, j'étais jeune et stupide, je suis tombée amoureuse de lui. C'était ma première histoire d'amour, et je pensais qu'il pourrait renoncer à sa passion et que nous allions vivre ensemble. Il m'a fait clairement comprendre qu'il ne renoncerait jamais à la vie qu'il avait choisie. Il m'avait prévenue que nous deux, c'était impossible. Il me disait de prendre les bons moments, qu'un jour je rencontrerais un homme qui partagerait ma vie, que je ne devais pas trop me poser de questions... Tu sais, le genre de phrases toutes faites pour des jeunes filles niaises comme je l'étais. Il n'arrêtait pas de dire que j'étais jeune et que je finirais par l'oublier, que je devais poursuivre mon chemin. D'ailleurs, quand je lui posais la fameuse question, qui est : s'il m'aimait, il ne me répondait jamais. À partir de là, je savais qu'un jour il me quitterait, mais je ne voulais pas le croire, je repoussais l'instant en me voilant la face. Et lorsque c'est arrivé, je lui en ai voulu, même si avec le recul j'ai réalisé que la seule responsable de cette souffrance, c'était moi et moi seule. François n'avait fait que suivre ses projets, et c'est ainsi que je l'ai perdu à jamais. Mais écoute-moi bien : je peux sans sourciller te dire que j'ai vécu en quelques mois les plus beaux moments de ma vie. Alors je t'en conjure, réfléchis à ce que tu vas faire, parle à Paul, dis-lui tes craintes, et surtout ce que tu souhaites véritablement. Tu ne le regretteras pas. Et s'il ne le comprend pas, tu auras été honnête envers toi-même, et c'est le plus important. » Pour la première fois, Marie venait de me raconter son histoire avec François, mais je sentais qu'elle ne m'avait pas tout dit, elle me cachait autre chose. « Allez ma chérie, monte dans ta chambre, commence à faire tes valises, ensuite rejoins-moi dans la cuisine. » Je suis montée dans ma chambre faire mes valises, mais avant de la rejoindre dans la cuisine je suis partie à la recherche de Jean. Il était dans le chai. « Jean, promets-moi de prendre soin de Marie et de La Bastide, promets-le-moi ! » « Ne t'inquiète pas Camille, je suis là, quoi qu'il arrive, et dans le besoin, je t'appellerai. » « D'accord, et n'hésite pas, je t'ai noté le numéro du journal sur le bloc posé sur la console près de l'entrée. » «Oui Camille, tu me l'as déjà dit une centaine de fois, c'est enregistré ! Et puis, tu connais Marie, elle va vouloir tout contrôler lorsque tu seras partie. » « Oui je sais, c'est pour ça que je te demande de ne pas la laisser travailler avec toi. Tu sais ce qu'a dit le docteur… Bon, je te vois après. » En regagnant ma chambre, je me suis souvenue du jour où Marie avait eu un petit malaise : alors qu'elle était dans les vignes, elle s'était évanouie. Le docteur lui avait prescrit beaucoup de repos. Marie avait la même malformation au cœur que sa mère et que sa grand-mère, et le médecin avait voulu me faire passer un examen pour savoir si j'avais hérité de cette malformation des femmes de cette famille. J'avais toujours refusé parce que je sentais que j'avais le même problème, mais je ne voulais pas pour l'instant le savoir officiellement, tout comme Marie qui ne suivait pas ses instructions. Elle me disait souvent : « Camille, lorsque les médecins parlent, il faut en prendre et en laisser. Ils arrivent toujours à te faire peur, et amplifient souvent. » Elle me mettait hors de moi lorsqu'elle parlait ainsi, car je m'inquiétais deux fois plus. De retour dans la cuisine, j'ai aperçu une pintade et j'ai su ce qu'elle était en train de préparer. Elle avait aussi fait mon dessert préféré, une tarte Tatin. Ça sentait très bon, je n'ai pas pu résister. J'ai trempé mon doigt dans la tarte pour y prélever un peu de pomme, lorsque j'ai reçu un petit coup sur ma tête. C'était Marie : « Ah ! Je t'y prends en train de saccager ma tarte ! » Elle avait dans la main une motte de beurre frais et elle m'en a badigeonné tout le visage. Nous nous sommes regardées et nous avons éclaté de rire. J'aimais ces moments-là où nous étions très proches. Elle était devenue, avec le temps, la personne la plus importante de ma vie : après la mort de ma mère, c'était elle qui l'avait remplacée. Je suis montée mettre ma jolie robe et mes chaussures à talons. Lorsque je suis descendue, Marie n'en revenait pas. « Dieu que tu es belle ! Je suis si fière de toi ! À mon avis, Paul n'attendra pas le dessert pour te dévorer, tu es resplendissante, ma chérie ! »

Il était près de 19 h lorsque Mireille et Romain sont arrivés. Quand ils m'ont aperçue, ils ont été stupéfaits. Mireille s'est exclamé : « C'est bien toi, dans cette belle robe et ces magnifiques chaussures ? » Romain m'a prise par la taille et m'a dit : « Si je n'étais pas fiancé, je t'aurais certainement enlevée ! ». Nous étions tous heureux et tristes à la fois, car je partais le lendemain matin pour Paris. Puis Jean est arrivé derrière moi avec Blanche. « Pardon jeune fille, auriez-vous aperçu Camille ? Je la cherche mais je ne la trouve pas... » J'ai saisi un verre d'eau et vlan ! Sur son visage. Jean a déclaré : « Heureusement que ce n'était pas du vin, uniquement pour la chemise ! » On s'est regardés et c'était reparti de plus belle, nous l'avons tous arrosé, il a dû aller se changer. Je crois que ce soir-là, malgré les apparences, planait une atmosphère de tristesse, nous insistions sur nos rires car nous savions que c'était notre dernière soirée. Jean avait fait fort : il voulait me faire la surprise de déboucher une bouteille millésimée portant l'année de ma naissance. Encore une belle soirée en perspective. Des odeurs de cuisine nous parvenaient sur la terrasse et nous avions hâte de passer à table. Tout le monde semblait heureux, il ne manquait plus que Paul. Romain avait déposé un paquet sur la table. Tout en me regardant, il m'a dit : « Camille, n'y touche pas, tu ne pourras l'ouvrir que lorsque tout le monde sera présent autour de cette table. » Romain me connaissait bien, il savait que j'étais très curieuse et que par conséquent je ne pourrais pas attendre. Alors que je me jetais sur le paquet, Paul est arrivé. J'ai couru à sa rencontre. Ce n'était pas très facile avec ces maudits talons, mais j'y suis arrivée sans tomber. Paul était émerveillé par ma toilette. « Tu es radieuse ! » Marie est arrivée avec une bouteille de champagne et des petits fours au fromage dont elle avait le secret. Nous nous sommes assis et j'ai ouvert le paquet : c'était un album photos, mais pas n'importe quelles photos. Je me suis mise à pleurer. Avec l'aide de Mireille et de Romain, Marie avait créé un album dont la couverture représentait un cep de vigne. À la première page, des grappes de raisin, à la dernière page, La Bastide, et au milieu, dix-neuf photos de moi soufflant les bougies pour chacun de mes anniversaires. Sur les dix premières photos, souriaient les visages de ma maman et de mon papa. Malheureusement, à partir de la onzième photo, Adèle et Julien avaient disparu, laissant la place à Marie. Des larmes coulaient déjà le long de mes joues, mes yeux s'étaient remplis de brume, je ne voyais plus très clair les photos. Aussi, j'ai refermé l'album, j'ai serré dans mes bras Marie et j'ai embrassé Mireille et Romain. Je leur ai dit combien ils comptaient tous pour moi. Blanche et Jean m'ont offert une belle écharpe en laine pour l'hiver à venir : c'était Blanche qui l'avait tricotée, le motif était La Bastide. Elle avait dû lui donner du travail, mais chaque hiver ça ne l'empêchait pas de nous offrir de belles écharpes, des gants ou des bonnets : c'était une vrai experte du tricot. Cette écharpe que je tenais devait être celle que je porterais tout au long de ma vie. Comme je me remettais à pleurer, j'ai pris mon verre et je me suis écriée : « Ce soir, c'est la fête ! Allez, tout le monde se dirige vers la tonnelle, j'ai quelque chose à vous annoncer. » « Paul et moi sommes fiancés… » Je n'avais pas fini ma phrase que Mireille était en larmes. Paul, m'a prise dans ses bras et m'a donné un long baiser. C'est alors que j'ai montré ma superbe bague. Tout le monde était ravi pour nous deux. Ce soir-là, je n'ai pas arrêté de boire pour me donner le courage de parler à Paul, mais j'avais beau vider les verres, je n'ai pas pu.

Il n'était pas loin de deux heures du matin. Mireille et Romain m'ont remerciée pour cette superbe soirée, puis ils se sont dirigés vers le portail. Tandis que je les raccompagnais, ils m'ont demandé s'ils pouvaient venir à la gare, mais j'ai refusé : « Vous savez, si vous êtes là, ce sera très difficile, pour moi. », Mireille m'a embrassée une dizaine de fois, Romain m'a serrée dans ses bras et m'a chuchoté à l'oreille : « Tu me manques déjà. » Ils m'ont fait promettre de les appeler dès mon arrivée et de ne pas oublier d'écrire : mais ils me connaissaient très bien, ils savaient que je n'aimais pas trop écrire ; quant au téléphone, il m'arrivait tout simplement d'oublier d'appeler. De toute façon, je n'aimais pas parler au téléphone. Une fois les larmes séchées, ils sont partis. Je comprenais que je tournais une page importante de ma vie. J'avais rendez-vous dans les vignes avec Paul. Je savais qu'il m'attendait avec une bouteille de champagne et deux coupes. Heureusement c'était la pleine lune, on y voyait clairement. Mais avant de le rejoindre, j'ai cherché Marie du regard et je ne l'ai pas trouvée. Alors que je me dirigeais vers la cuisine, j'ai entendu des voix qui venaient du potager : Marie était avec Jean, ils discutaient tous les deux. Marie pleurait, et le ton est monté. J'allais les rejoindre, lorsque Jean, me voyant arriver, est parti dans la cuisine où se trouvait Blanche. Elle avait commencé à laver la vaisselle, Jean l'essuyait, on pouvait les voir depuis le potager. Ils avaient aussi l'air de s'engueuler, je ne comprenais pas pourquoi, et j'ai posé la question à Marie. Elle m'a répondu que ce n'était rien, juste quelques échanges houleux concernant le domaine, rien d'inquiétant. Et elle a ajouté :

« Il a un caractère de cochon, avec lui, tout est noir ou blanc. Tu comprends Camille, je sais bien que je n'ai pas eu cette passion du vin comme ma sœur Adèle ou toi, alors quelquefois, les discussions entre lui et moi sont mouvementées. » Je savais qu'elle venait de me raconter n'importe quoi, mais je me suis contentée de cette réponse, je ne voulais pas réanimer le feu. Et puis Marie avait l'air épuisée, le calme était revenu, la lune était splendide, il faisait si bon… J'ai embrassé Marie avant qu'elle ne monte, et l'ai remerciée pour cette fabuleuse soirée. « Je te vois tout à l'heure. » « Oui, ne tarde pas trop. Dis à Paul qu'il peut coucher dans la chambre du bas. » « Merci, bonne nuit ! ». J'ai rejoint Paul qui m'attendait, une coupe pleine à la main. Je l'ai bue d'un seul trait, je voulais être complètement grise pour n'avoir aucune retenue en faisant l'amour. Nous étions nus tous les deux, je regardais Paul allongé, avec la lune au-dessus de nous, je n'oublierai jamais cette image. Nous avons fait l'amour doucement, en savourant chaque seconde. J'ai senti sa peau, caressé, léché, mordillé, je me suis ouverte à lui et lui à moi. C'était très sensuel et très sexuel, un enchantement. Nous nous sommes endormis blottis sous le duvet, tous les deux dans les vignes…

À 7 h, c'est la voix de Jean qui m'a réveillée. J'ai secoué Paul qui dormait profondément. Nous étions déjà habillés, mais je ne me souvenais même plus que nous nous sommes rhabillés. Une bonne gueule de bois, la gorge sèche, j'ai couru pour qu'on ne me voie pas et je suis allée me doucher. J'avais dit à Paul d'aller prendre une douche dans la chambre du rez-de-chaussée. Nous nous sommes retrouvés sur la terrasse. Marie était déjà levée et nous avait préparé le petit-déjeuner. Paul a juste pris un café. Il a insisté pour m'accompagner, mais je n'ai pas voulu. Je lui ai dit de partir, Jean m'accompagnerait. « Je t'appelle en arrivant, promis ». Nous nous sommes embrassés longuement et il est parti. J'ai fait le tour du domaine avec Jean, vu ce qu'il y avait à voir, et j'ai rejoint Marie. Elle était assise sur son lit, elle pleurait. « Oh Marie, ne pleure pas, tu vas m'empêcher de partir sinon ! » « Je ne pleure pas, je me mouche. » Elle s'est retournée et j'ai bien vu ses yeux gonflés : elle devait pleurer depuis un moment pour avoir ces yeux-là. Elle m'a prise dans ses bras et m'a fait promettre de revenir au moindre problème, de ne me fier à personne, et d'appeler tous les jours. « C'est promis, je le ferai. » C'est alors que je me suis avancée vers cette boîte en fer-blanc où des bonbons des Vosges avaient séjournaient. Ce n'était pas la première fois que je la touchais. À l'intérieur, il y avait un coffret blanc et jaune paille. Lorsque l'on tirait sur la languette, il s'ouvrait, et un flacon au bouchon représentant deux colombes apparaissait : c'était un flacon de parfum en cristal Lalique appelé L'Air du Temps. Marie n'avait jamais voulu que je le touche, ce flacon n'avait jamais été ouvert. Elle avait toujours porté ce parfum, alors pourquoi n'avait-elle jamais ouvert celui-là ? Ce jour-là, elle m'a laissé le toucher. Tandis que je le caressais, elle me dit : « Referme donc cette vieille boîte. » Je me suis exécutée, elle m'a souri. « Allez, va ranger ta chambre, je vais descendre dans la cuisine te préparer un encas pour le train. » « Très bien, j'y vais. » Je suis repartie dans ma chambre. J'ai regardé une dernière fois cette chambre qui avait été si longtemps un univers protégé, mon petit chez moi, puis j'ai embrassé les photos jaunies sur le mur. En fermant les volets, j'ai ressenti une profonde tristesse, j'ai senti que ce ne serait jamais plus pareil lorsque je reviendrais. C'était très dur de quitter tous ces souvenirs… Je fermais la porte et je m'apprêtais à rejoindre Marie, lorsque j'ai entendu comme un bruit sourd qui venait de la cuisine. J'ai dévalé les escaliers, et j'ai vu Marie, allongée sur le sol, une main appuyée sur son cœur. J'étais paralysée, incapable de bouger, et puis d'un seul coup j'ai entendu un cri de douleur sortir de ma gorge, comme un tonnerre. Il a ameuté tous les ouvriers. Jean est arrivé le premier, suivi de Blanche. Ils m'ont trouvée couchée sur Marie, hurlant. Jean m'a arrachée à elle. Il était d'un calme… Il a tenté de me relever, mais je ne pouvais pas lâcher la main de Marie. Dans un murmure, elle a dit : « Camille, ma petite fille, pardonne-moi, je t'aime. » Et après, plus rien, elle venait de rendre son dernier souffle. Puis tout s'est bousculé dans ma tête. Jean me parlait, mais je ne parvenais pas à comprendre les mots, tout était devenu flou, je me suis vue tomber. Les secours sont arrivés trop tard, le corps de Marie a été emporté, Jean a téléphoné à Mireille pour lui apprendre la nouvelle.

Je n'ai pas pris mon train ce jour-là. Vers 15 h, Mireille est entrée dans ma chambre. Je venais de me réveiller. Le médecin était passé et m'avait administré un tranquillisant. « Mireille, quelle heure est-il ? Je vais être en retard. Mon train… » Je n'ai pas fini ma phrase et je me suis rendormie. Mes amis sont restés jusqu'à ce que je me réveille. Je n'ai pas voulu sortir de ma chambre, alors ils ont attendu. Et puis

Mireille est montée à nouveau me voir, j'ai pleuré dans ses bras, et elle m'a convaincue de descendre. Romain était sous la tonnelle en train de pleurer. Paul nous a rejoints dès qu'il a appris la nouvelle. Nous sommes restés ensemble toute la soirée. Jean est rentré avec Blanche. Avant de partir, il m'a dit : « Je reviens demain à 6 h, il faut que je te parle. » Parler de quoi ? C'était fini, ma vie s'était arrêtée, j'avais perdu la seule personne qui avait sacrifié sa vie pour m'élever, pour rester avec moi, la personne qui me connaissait si bien, j'avais perdu ma lumière. « Je ne sais pas comment je vais faire maintenant qu'elle n'est plus là. » Paul m'a serrée très fort dans ses bras et m'a dit qu'il pouvait s'occuper de tout, qu'il serait présent. Mireille s'est proposé de rester à La Bastide pendant quelque temps, Romain aussi. Je les ai tous remerciés, mais je voulais vivre ce moment tragique seule, comme pour me punir d'avoir voulu quitter Marie. Aussi, je leur ai demandé à tous de partir. Ça a été plus difficile avec Paul, il ne comprenait pas et il insistait. J'ai été odieuse, le ton est monté. Il ne concevait pas que je le rejette. « Je veux rester seule, je n'ai pas envie qu'on me réconforte, je veux pleurer Marie, je veux hurler Marie ! Si tu n'es pas capable de comprendre ça, tant pis pour toi, rentre chez toi, tu n'as rien à faire ici ! Tu connaissais à peine Marie, fous le camp et laisse-moi en paix ! » Paul est parti en claquant la porte.

Le lendemain matin, Jean était là. Blanche avait préparé le petit-déjeuner. Je n'ai pris qu'une tasse de café, puis je suis montée dans la chambre de Marie. J'ai touché sa brosse à cheveux, senti sa chemise de nuit… J'étais en pleurs, allongée sur son lit, lorsque j'ai entendu Jean m'appeler. J'ai séché mes larmes mais je n'ai pas voulu descendre. Il est monté et m'a rappelée à l'ordre : il avait appris à me connaître et il savait qu'il lui faudrait être rude avec moi, sinon je m'enfoncerais et me laisserais couler. « Il faut te reprendre Camille ! Nous connaissions tous son état, elle y faisait face, et aujourd'hui elle ne voudrait pas te voir ainsi. Alors il faut penser à l'enterrement. J'ai appelé le curé, on l'enterrera en fin de semaine. Tâche de trouver une tenue pour Marie. Tu m'entends Camille ? » J'ai relevé la tête et lui ai fait un signe. Puis il est descendu. J'ai ouvert l'armoire de Marie et j'ai sorti une robe bleue avec des petites fleurs blanches qu'elle aimait par-dessus tout, et sa paire de ballerines blanches. « Je vais aussi lui préparer son châle au cas où elle aurait froid... »

Quatre jours après, nous nous sommes retrouvés à son enterrement. Romain avait appelé le journal à Paris, en expliquant que je ne serais pas disponible tout de suite. Le directeur, qui connaissait Marie, lui a dit de me souhaiter courage et de prendre mon temps. J'ai été très surprise de voir autant de gens, il y en avait même que je ne connaissais pas. Tous pleuraient et parlaient. Moi, j'étais encore sonnée et je ne parvenais pas à me maîtriser. Je savais à présent que, cette fois-ci, j'étais vraiment devenue « une orpheline ». J'étais seule au monde, le dernier rempart autour de moi était tombé. Après l'enterrement, nous sommes repartis à La Bastide. Blanche avait organisé un repas pour tous les intimes de Marie. Paul était près de moi, et j'étais heureuse qu'il soit là. Il m'a pris la main et ne l'a plus lâchée. Il avait respecté mon silence. Mireille, Romain, les ouvriers du domaine et maître

Clerc étaient aussi présents. Après le repas, ils sont tous partis. J'ai accompagné Paul au portail et je lui ai dit que je l'appellerais quand j'irais mieux. Il m'a embrassée puis s'en est allé en se retournant, pour être bien sûr que je ne m'écroulerais pas. J'ai senti une douleur au ventre, une douleur intenable. Je me suis agenouillée et j'ai hurlé : « Dieu, que veux-tu de moi maintenant que tu m'as arraché tous les membres de ma famille ? Que veux-tu me prendre d'autre ? Je te hais si fort, je te déteste, je ne veux plus entendre parler de toi ! Toi si grand, toi si aimant, tu n'es qu'un imposteur ! » Puis je me suis effondrée sur le sol, et c'est Jean qui est arrivé près de moi. En m'aidant à me relever, il m'a dit : « Allez, viens, viens mon petit, nous allons parler, toi et moi, viens sous la tonnelle. » Il m'a fait assoir. « Camille, Marie avait prévu ce moment. Dieu donne la vie et la reprend, c'est lui qui décide, c'est ainsi et on y peut rien. Sèche tes larmes et écoute. Il y a quelques jours, Marie m'avait confié un objet et m'avait fait promettre de ne rien dire à personne. Je devais te le remettre dans ce cas précis. » Puis il s'est levé et s'est dirigé vers la remise. Il en est ressorti avec quelque chose dans les mains, je ne voyais pas bien de là où j'étais. Il s'est approché de moi et m'a tendu la boîte en fer-blanc, je l'ai tout de suite reconnue. « Voilà Camille, c'est pour toi. Je serai dans le chai, si tu veux me voir. » « Mais pourquoi tant de mystère ? Jean, tu peux rester ici. » « Non Camille, ce sont des choses que tu dois découvrir toute seule. Mais si tu as besoin de moi, tu n'as qu'à m'appeler. » J'ai ouvert la boîte : il y avait ce joli coffret de parfum et des photos en noir et blanc. J'ai reconnu mes arrière-grands-parents, mes grands-parents, ma mère avec mon père. Et puis il y avait aussi une enveloppe à mon attention. Je l'ai ouverte, c'était l'écriture de Marie.

Camille, ma petite fille,

Si tu lis cette lettre, c'est que je ne suis plus de ce monde. Ne m'en veux pas, je n'ai pas pu te révéler ce lourd secret que je porte en moi depuis toutes ces années. Mon cœur s'affaiblit, et j'ai bien peur de devoir te laisser. Mais avant de te quitter, je dois mettre de l'ordre dans ma vie. Je te remets cette boîte qui a été l'objet de tant de secrets, cette boîte que tu trouvais si jolie. L'important n'était pas la boîte mais son contenu, ce coffret de parfum que j'ai refusé d'utiliser car il m'avait été offert par le seul homme que j'ai aimé passionnément et qui m'a brisé le cœur. Ce coffret représentait un cadeau de rupture. Lorsque j'étais adolescente, mon père comptait sur Adèle et moi pour reprendre le domaine viticole. Pour lui, le métier de journaliste n'était pas un métier. Impulsive et têtue, je me suis opposée à lui. Son grand malheur était de ne pas avoir eu de garçon. Adèle se dévouait au domaine mais moi, je rêvais à d'autres horizons, j'étais jeune et je dévorais la vie. J'avais hérité du caractère de ma grand-mère, aussi ma mère me connaissait-elle : elle savait que de toute façon, lorsque je me mettais une idée dans la tête, j'allais jusqu'au bout.

En juin 1964, mes parents s'étaient rendus dans le Berry pour l'enterrement de notre oncle paternel. Il avait confié le domaine à Jules, l'oncle de Jean. J'ai alors profité de cette absence, et avec l'aide d'Adèle je me suis enfuie de La Bastide pour aller à Paris. Je n'avais qu'une idée en tête : être enfin libre, faire ce que je voulais, voler de mes propres ailes. Je n'avais pas mesuré la difficulté et je ne parvenais pas à m'en sortir financièrement. Aussi, Adèle m'envoyait de l'argent quand elle le pouvait, sans que les parents ne se doutent de quelque chose, et lorsqu'ils sont revenus et qu'ils ont appris ma fuite, mon père n'a jamais plus prononcé mon prénom. Il s'est ainsi forcé à m'oublier, interdisant Adèle de lui donner de mes nouvelles. Quant à ma mère, elle pleurait tous les jours. Ça a été très dur pour moi, mais c'était trop tard, je ne pouvais pas reculer. Je vivais de petits boulots, peu importait, j'acceptais ce qui se présentait. Il m'arrivait aussi de vendre des nouvelles à divers journaux, et à force de persévérance, j'ai fini par obtenir un rendez-vous au journal L'Hebdomadaire. J'ai été reçue par Georges Aubert, et c'est grâce à lui que j'ai pu vivre de mes articles. J'ai appris le métier avec lui, c'est un grand monsieur et un personnage.

Je logeais alors dans le 9e arrondissement rue Choron, et là j'ai rencontré Mauricette, la concierge de l'immeuble. Nous avons tout de suite sympathisé. Elle avait pratiquement l'âge de ma mère, elle veillait sur moi en quelque sorte. C'est dans cet immeuble qu'un jour j'ai croisé le regard d'un homme. Il vivait au dernier étage, et c'était la première fois que je le voyais. Mauricette m'avait dit qu'il s'absentait régulièrement pour son travail. Elle me l'a présenté, c'est ainsi que j'ai fait sa connaissance. Il s'appelait François, était médecin à la Croix-Rouge, et il s'efforçait avec plusieurs autres médecins de créer ce qui allait devenir Médecins du Monde. Il m'a tout de suite plu. Nous avions une différence d'âge de quinze ans, mais pour moi ça a été une évidence, j'étais tombée amoureuse de lui, et je dois dire que les brefs moments que nous avons passés ensemble m'ont comblée pour toute une vie. Nous avons vécu une passion, Camille, comme celle que tu vis avec Paul.

Quelques mois après ma fuite, une lettre est arrivée : Adèle m'annonçait le décès de notre père. Je me suis rendue à l'enterrement. Ma mère ne m'a pas adressé la parole, je pense qu'elle m'avait rendue responsable de la mort de mon père. Il n'avait jamais plus été le même après mon départ, puis une pneumonie foudroyante l'avait emportée. Je suis revenue à Paris, croyant retrouver les bras de François, mais il avait profité de mon absence pour me quitter. C'est alors que je me suis souvenue de la conversation que nous avions eue avant mon départ pour La Bastide : il avait tenté de me faire comprendre que son métier, c'était sa vie. Il n'y avait pas de place pour autre chose, il souhaitait vivre seul cette passion dévorante et il n'aurait jamais renoncé à ça. Il ne voulait aucun lien. Mon bel amour était parti pour l'Afrique, parti sans laisser d'adresse ni aucune lettre. Seule cette boîte en fer blanc était posée sur mon lit, et à l'intérieur il y avait ce coffret avec un flacon de parfum. Ce parfum s'appelait L'Air du Temps. J'avais peur de comprendre, comprendre que c'était un cadeau d'adieu. J'ai perdu la tête, j'ai voulu rechercher François, je me suis rendue à la Croix-Rouge, ils n'ont rien voulu savoir : j'ai senti qu'ils avaient reçu des consignes. J'ai tapé à toutes les portes de ceux qui l'avaient rencontré, mais sans succès. Mon travail au sein du journal s'en ressentait.

J'ai cru que j'avais fini par tourner la page, mais il en était rien. Je n'en pouvais plus de ne pas savoir. Alors, un jour, j'ai pris congé de Georges. Il avait compris, avait tenté de m'en dissuader, mais encore une fois, j'ai écouté mon cœur. Je me suis lancée à la recherche de François : je suis partie pour l'Afrique, j'ai fait toutes les associations possibles et inimaginables, je me suis adressée à toutes les missions sur place. C'est alors que je suis tombée malade : j'avais attrapé le paludisme. Durant ce séjour à l'hôpital, j'ai appris que j'étais enceinte de trois mois : ça a été la catastrophe ! Il fallait que j'en parle à quelqu'un, quelqu'un de proche, ma tendre Adèle. Je l'ai appelée aussitôt et elle m'a convaincue de rentrer à La Bastide.

À mon arrivée, ma mère était alitée. Elle avait eu un malaise et le médecin avait décelé le même mal dont souffrait ma grand-mère : une malformation du cœur. Au pied de son lit, en pleurant, je lui ai demandé de me pardonner. Elle m'a fait signe de m'asseoir auprès d'elle, et elle m'a dit : « Marie, je t'avais déjà pardonnée. » De chaudes larmes coulaient le long de mes joues. Ma maman que j'avais laissé tomber, je devrais vivre avec ça, j'étais peut-être responsable de l'affaiblissement de son cœur, j'étais aussi responsable de la mort de mon père. C'est à ce moment-là, que je venais de réaliser que j'avais peut-être détruit des vies. Comme pour me faire pardonner, je lui ai dit que j'étais enceinte. Elle m'a embrassée et m'a fait promettre d'aimer mon enfant quoi qu'il arrive, de l'aimer comme elle m'avait aimée, mais au fond de moi, je songeais déjà à l'irrémédiable. J'étais encore jeune, je ne savais pas com-

ment gérer une naissance et je pensais encore à François. J'étais perdue. Il était évident que je serais incapable d'élever mon enfant, alors, après l'enterrement de ta grand-mère, complètement anéantie, j'ai fini par accepter la proposition d'Adèle et de Julien. Ne pouvant pas avoir d'enfants, ils m'ont convaincue de leur confier le mien. Ils m'ont dit : « Marie, si tu ne te sens pas de l'élever, il faut nous le confier. Cet enfant sera très heureux avec nous, nous le protégerons et l'élèverons comme notre propre enfant. ». Cette solution me paraissait la meilleure pour l'avenir de mon bébé. Nous avons mis Jean dans la confidence, et il nous a proposé de séjourner durant toute ma grossesse, chez sa sœur, dans le Vercors. Elle a eu la gentillesse de nous recevoir, et à Saint-Vincent-de-Pertignas, personne n'en a jamais rien su. Julien et Jean avaient fait courir le bruit qu'Adèle, enceinte, était très fatiguée et avait choisi de se rendre chez une cousine pour s'y reposer. Quant à moi, j'étais censée être repartie en Afrique. Julien nous rendait visite tous les quinze jours en faisant attention de ne pas éveiller les soupçons. J'ai pu ainsi vivre ma grossesse sans le regard des gens de notre village. Lorsque tu es née, je t'ai donné le prénom de ton arrière-grand-mère, Camille, et Julien, à la mairie, t'a déclarée Camille Ferrand et non Meunier. Tu portais désormais le nom de famille de Julien. Camille, tu étais un magnifique bébé, je t'ai tout de suite aimée. Je regrettais déjà mon geste, mais il était trop tard pour revenir en arrière et j'aurais brisé le cœur d'Adèle.

Quelques semaines après ta naissance, je suis repartie pour l'Afrique, espérant retrouver François. Malheureuse-

ment ou heureusement, je ne l'ai pas retrouvé et je ne l'ai jamais plus revu. Tu sais, c'est avec le temps que l'on se reconstruit : on ne retient pas un homme qui regarde ailleurs. Et Comme pour me punir d'avoir abandonné mon enfant, je me suis expatriée, loin de toi, loin de ma famille, j'ai rejoint des missionnaires et j'ai travaillé avec eux à des œuvres humanitaires, je me suis noyée dans le travail pour oublier l'inconcevable. J'avais emporté avec moi une photo de toi qui ne me quittait pas, cette photo prise le jour de ta naissance.

Je me suis tenue éloignée de toi durant dix ans, éloignée par la distance seulement car j'appelais régulièrement Adèle qui me donnait de tes nouvelles. Je t'envoyais une carte pour chaque anniversaire et chaque Noël, jusqu'à ce terrible jour où Jean m'a appelée pour m'informer qu'Adèle et Julien s'étaient tués dans un accident de la route. Je suis alors rentrée pour te retrouver, pour t'aimer, pour t'élever, et chaque minute passée auprès de toi a été pour moi un immense bonheur. Je suis si fière de toi, de cette belle jeune fille que tu es devenue, et pas une seule fois je n'ai eu à le regretter. Mon seul remords aura été de t'avoir abandonnée à ta naissance.

Camille, ne me juge pas trop sévèrement. C'est par manque de confiance en ceux que l'on aime qu'il arrive qu'on leur cache la vérité. Camille, tu transmettras à tes enfants l'histoire de notre famille. Je te confie cette boîte et son contenu. Tâche d'en prendre soin.

Je t'embrasse très fort, je t'aime.

La terre venait de s'effondrer sous mes pieds. Je me suis levée et j'ai posé la lettre sur la console de l'entrée. Je voulais rester seule, j'ai marché en direction des vignes : c'était toujours là que je me réfugiais lorsque j'avais de la peine. J'ai marché durant des heures. À la tombée de la nuit, j'ai décidé de rentrer. Mon repas m'attendait dans la cuisine, Blanche était passée par là. Mais je n'ai rien pu avaler. Je suis restée éveillée toute la nuit.

Au matin, Jean m'attendait dans la cuisine. J'ai pris un café, il s'est assis près de moi et me prenant la main, il m'a dit : « N'en veux pas à Marie, elle a essayé de te protéger en te confiant à Adèle et Julien, elle a cru bien faire. Tu sais, elle était perdue, elle était incapable de prendre soin de toi à cette époque, elle était trop jeune et elle se sentait si seule ! Tu dois penser à cet amour que tu as reçu, de Marie, d'Adèle et de Julien. Dès ta naissance, ils t'ont aimée de toutes leurs forces, et tu as grandi protégée. Je t'en prie, Camille, ne laisse pas l'amertume envahir ton cœur. » Comme je ne répondais pas, il s'est levé. C'est alors que je l'ai remercié d'avoir été aussi présent. Je lui ai également dit que j'avais pris ma décision, celle de partir pour Paris, comme c'était prévu. L'après-midi, je me suis rendue chez maître Clerc : sans aucune surprise, j'héritais du domaine viticole. Maître Clerc avait les larmes aux yeux lorsqu'il m'a dit : « Je te demande de me pardonner Camille. Il y a quelque temps, tu es venue me voir pour me demander si je n'avais pas téléphoné à Marie. Ce jour-là, je t'ai menti pour préserver la confiance qu'elle avait en moi. Marie était venue me voir quelques jours avant son décès pour m'informer de son mauvais état de santé. Je lui avais suggéré de te l'annoncer, mais elle a refusé. Le matin où je l'ai appelée, c'était pour lui apprendre que tout était en ordre pour le testament et les dernières instructions. J'en ai profité pour lui demander à nouveau de t'en parler, et bien sûr, elle s'est montrée virulente. Tu connaissais son caractère, j'espère que tu ne m'en veux pas. » « Je comprends maître, et je ne vous en tiens pas rigueur. » Le soir même, je faisais ma valise. Paul avait tenté de me joindre toute la journée, ainsi que Mireille et Romain. Ils ne comprenaient pas mon silence. Aussi, le lendemain matin, j'ai écrit une lettre à Paul et une autre à Mireille et Romain, en leur demandant de ne pas m'en vouloir. J'expliquais que je partais pour Paris, que j'avais besoin de m'éloigner de La Bastide et que je souhaitais être seule… Mon train entrait en gare. J'embrassai Jean et lui confiai les lettres. C'est alors que je me suis mise à pleurer, à nouveau. Blanche était là aussi, elle m'a embrassée très fort en me rappelant qu'ils m'aimaient. Durant tout le trajet, je n'ai pas cessé de pleurer. Je ne parvenais pas à croire que ça m'était arrivé, à moi…

C'est la voix du haut-parleur de la gare qui m'a réveillée, je m'étais endormie durant le trajet. Descendue du train, je me suis rendue directement au journal. Georges avait été prévenu. J'ai levé la tête et j'ai vu un immense bâtiment, assez triste. Un long couloir m'a conduite au bureau du directeur. Sur la porte, on pouvait lire : « N'entrez que si c'est important. » J'imaginais déjà le personnage… Un monsieur rond est apparu, imposant, portant de grosses moustaches. Une voix grave m'a dit : « Je te présente toutes mes condoléances. J'aimais beaucoup Marie, c'était une femme exceptionnelle, j'ai une profonde sympathie pour toi. Mais tu sais, dans ce grand malheur, tu peux te dire que tu as eu de la chance car tu étais présente, lorsque c'est arrivé. » J'ai froncé les sourcils, prête à lui bondir dessus. Puis, réflexion faite, c'était vrai, je ne l'avais pas vu sous cet angle-là : le jour où je devais quitter La Bastide, Marie s'était éteinte, et je crois qu'en effet, je m'en serais voulu si je n'avais pas été présente. Je lui tenais la main lorsque j'ai entendu ce râle sortir de sa bouche. C'était la première fois que j'assistais en direct à la mort d'une personne, je n'oublierai jamais ce bruit... Ce souffle sourd vient du fond du ventre, il me hantera jusqu'à la fin de ma vie. « Merci pour elle, monsieur Aubert, ma tante vous appréciait beaucoup. » Il me regardait fixement et a ajouté : « Je suis content de te connaître. J'ai trouvé tes nouvelles intéressantes, mais tu sais, ce n'est pas un lycée ici, ni un petit journal, il faut être une professionnelle. Parce que même si j'aimais énormément ta tante, je ne te garderai pas si tu n'es pas motivée. C'est un métier très difficile, mais il en vaut la peine. Si tu es passionnée par ce que tu fais, tu t'accrocheras, mais si tu n'as pas de passion, ce n'est pas la peine. Et je ne te rendrai pas la tâche facile, on est bien d'accord ? » « Nous sommes bien d'accord. Vous savez, dès mon adolescence, j'ai su qu'il fallait me battre pour obtenir ce que je voulais. J'ai perdu mes parents à l'âge de dix ans, et ça m'a endurcie. Marie m'a élevée et ne m'a jamais fait de cadeau. Aujourd'hui, je la remercie pour ça. Monsieur Aubert, je n'attends pas votre aide, j'attends de vous que vous me fassiez confiance, et vous verrez vous n'aurez pas à le regretter. » « Très bien fillette ! » En me reconduisant à la porte, il m'a demandé où j'étais logée. Lorsqu'il a vu ma valise dans le couloir, il m'a donné l'adresse d'un petit hôtel, à quelques pâtés de maison seulement du journal.

Arrivée à l'hôtel, j'ai dit au réceptionniste que je venais de la part du directeur de *L'Hebdomadaire*. Il m'a souri et m'a remis une fiche que j'ai complétée à toute vitesse. Ma chambre était petite, mais propre et agréable. Après avoir rangé mes affaires je suis descendue et je me suis baladée dans les rues de Paris. C'était magnifique. Marie avait raison, c'est une ville enchanteresse. Oh Marie, tu me manques tant et pourtant je t'en veux tellement ! J'efface de ma mémoire ton nom pour l'instant, et je choisis de profiter de cette fin de journée au jardin du Luxembourg. Je suis sûre que je vais me plaire ici. Je me suis arrêtée dans un petit restaurant très sympathique pour dîner. Je n'avais rien avalé depuis la veille. Et voilà que mes souvenirs se bousculaient dans ma tête... J'ai mangé du poulet rôti avec des haricots verts, rien à voir avec la cuisine de Marie, je fermais les yeux et je revoyais Marie dans son potager en train de ramasser ses légumes... Après une tisane, je suis rentrée à l'hôtel et je me suis couchée tout habillée, j'étais exténuée.

Lever à 6 h. Après une douche, j'ai passé un jean, un pull et des baskets, et je suis partie prendre mon petit-déjeuner dans un petit café, près du journal. J'étais à l'heure, à 8 h tapantes. J'attendais dans le couloir, lorsque qu'une petite dame avec un tailleur rose est venue vers moi. « Bonjour Camille, je suis la secrétaire de monsieur Aubert. Suis-moi, je te conduis dans le service où tu vas débuter. Dès que monsieur Aubert sera là, il viendra te voir. » Je l'ai suivie et elle m'a conduite dans une immense salle. Il y avait une dizaine de bureaux alignés comme des box. Là, un homme, grand, avec une pipe m'attendait. « Bonjour, je suis Louis, c'est avec moi que tu vas collaborer pendant quelque temps. Tu n'auras qu'à regarder, prendre de la graine, et quand je te dirai de faire quelque chose tu le feras sans rechigner. Tu verras, tu apprendras petit à petit. » Pour moi, c'était immense comparé au journal de ma commune, je n'en revenais pas ! Tout d'un coup, je me suis demandé si j'allais être à la hauteur…

La semaine était passée. Je m'occupais des cafés, des sandwichs, du courrier à distribuer, des photocopies à faire. Le lundi suivant, Georges m'a fait appeler : « Alors petite, tu te familiarises doucement ?» J'ai répondu : « Oui, ça va. » « O.K., continue comme ça, c'est très bien. » Le vendredi matin, Louis m'a confié un article à écrire sur les débuts de la télévision. J'étais si heureuse ! Je me suis documentée avec tout ce que j'ai pu trouver, je me suis ainsi rendue à la bibliothèque entre midi et deux. En fin de journée, j'avais écrit mon article. Je le lui ai remis, il l'a pris et m'a dit : « Bon week-end et à lundi ! » « C'est tout ? » « Oui c'est tout, qu'est-ce que tu veux de plus ? » « Non, non rien. Bon week-end à vous aussi. »

Samedi matin, j'ai appelé Jean. Il était inquiet. « Depuis une semaine, tu ne nous a pas appelés ! Camille, tu avais promis… » « Oui je sais, Jean, ne m'en veux pas, j'en étais incapable, je voulais oublier tout ça, tu comprends. Mais tout va bien, Georges est merveilleux, toute l'équipe est aux petits soins avec moi, ma chambre est très agréable. Blanche et toi, vous ne devez pas vous faire du mouron pour moi. » Et là, il me dit : « Paul n'a pas cessé d'appeler, et tes amis aussi. Ne te conduis pas comme ça Camille, tu n'es pas la seule à souffrir. » « Je vais les appeler ce matin sans faute. Je t'embrasse, à bientôt ! » Paul a répondu très vite. Il était très inquiet pour moi, il semblait attristé par mon comportement. Je l'ai rassuré en lui disant que j'étais très heureuse, tout en écourtant notre conversation : j'appréhendais la question du mariage. « Au journal, tout le monde est très gentil avec moi. J'ai écrit mon premier article et Paris est une ville magique, tout y est merveilleux. Je dois te laisser, on m'attend, je t'embrasse et te rappelle bientôt. » Mon appel suivant a été pour mes amis. Ils étaient heureux de m'entendre également, et j'ai fait la même promesse de les appeler régulièrement. J'ai tenu mes promesses et je leur ai même envoyé à tous une carte postale de Paris.

Les semaines se sont écoulées rapidement, je n'ai pas vu le temps passer. Qu'est-ce que j'étais bien… J'avais l'impression de vivre sur un nuage ! J'avais complètement occulté mes derniers souvenirs de La Bastide. Nous étions déjà en décembre, le 20 exactement. Georges était ravi de mes articles et j'ai ainsi pu avoir ma propre chronique qui s'appelait « Quoi de neuf à Paname ? ». J'avais carte blanche pour écrire sur des évènements parisiens, dans tous les domaines. Louis, le rédacteur, relisait bien sûr mes articles avant l'édition, et en règle générale il les validait. Lui aussi trouvait que j'avais une plume intéressante. Tout semblait se remettre en place, j'évitais de me laisser entraîner par mes pensées obscures, et notamment par le souvenir de Marie, ou plutôt devrais-je dire « de ma mère ».

Georges avait accepté de me donner un congé que j'avais demandé pour passer les fêtes de Noël à la maison. J'appelai Jean pour le lui annoncer. Il était ravi. Lorsque je suis arrivée, ils étaient tous présents sur le quai de la gare : Blanche, Jean, Paul, Mireille et Romain. Je les ai embrassés en commençant par Paul… J'avais oublié à quel point il était beau ! J'ai pleuré lorsque les grilles de La Bastide se sont ouvertes. Blanche m'avait préparé une pintade. Nous avons déjeuné, beaucoup parlé, et je me suis sentie finalement soulagée. J'appréhendais le réveillon de Noël, sauf que Paul, Jean, Blanche et mes amis avaient anticipé ce moment et voulaient me faire la surprise d'être tous présents ce soir-là. Puis je suis allée marcher dans les vignes avec Paul et là, la question du mariage est revenue sur le tapis : « Je voudrais que l'on se marie au printemps prochain. » Je l'ai embrassé, mais trop lâche pour lui dire exactement ce que je ressentais à cet instant, j'ai préféré me taire et je lui ai simplement répondu que j'acceptais. Il sautait de joie. Il m'a saisi la taille en me tirant vers lui, nous sommes tombés, et là je me suis rappelé notre dernière nuit d'amour, la veille de la mort de Marie. Je me suis relevée et je lui ai dit que j'étais fatiguée, que je voulais me reposer. Il m'a embrassée et nous sommes allés rejoindre les autres. Mireille, mon amie, me regardait avec des yeux tendres : je connaissais bien ce regard… Romain a pris la parole : « Nous avons quelque chose à vous annoncer : Mireille attend un bébé ! » J'ai brusquement pris conscience que nous n'étions plus des jeunes gens insouciants, Mireille allait devenir maman… et j'étais très heureuse pour eux. Romain a poursuivi : « Aussi, pour ne pas vivre dans le péché, nous avons décidé de nous marier le 21 mars prochain. À ce sujet, Camille, Paul, nous voudrions que vous soyez nos témoins. » « J'aurais été vexée si vous ne me l'aviez pas demandé ! J'en serais très heureuse et c'est avec plaisir que j'accepte. » Paul s'avança vers moi et ajouta : « Tout comme Camille, c'est avec grand plaisir que j'accepte d'être votre témoin. »

Romain et Paul sont partis cet après-midi-là pour Bordeaux. Mireille est restée avec moi et je lui ai demandé si elle pouvait m'accompagner dans la chambre de Marie pour ranger ses affaires. Elle a accepté. Lorsque j'ai ouvert la porte, j'ai senti ce parfum, « L'air du Temps », quel nom merveilleux, pour un si joli flacon dont j'avais hérité, ce bouchon représentant une colombe, cette boîte que j'avais abandonnée sur sa commode, et là, je me suis mise à rêver : je me disais que peut-être cette colombe me réservait un joli présage, qui sait ? La triste vérité était là, j'étais l'enfant dont personne ne voulait, et tout au fond de moi je me sentais blessée et meurtrie. Mireille s'est assise sur le lit, je me suis assise à mon tour. Elle se doutait que quelque chose ne tournait pas rond. J'ai sorti cette maudite lettre et je la lui ai tendue. Elle l'a lue et m'a prise dans ses bras. Elle était abasourdie. « Ma chérie, tu aurais dû te confier à nous au lieu de garder ce lourd secret pour toi toute seule, nous aurions été là. Je ne sais pas quoi te dire… Paul est au courant ? » « Non, tu es la seule à le savoir, à part Jean et Blanche. Je le dirai à Paul le moment venu. » « Tu sais Camille, ça ne change rien à l'amour qu'elle avait pour toi. Tout ce que tu as vécu avec elle est intact. Vos joies, vos tristesses... tous ces souvenirs, il faut les conserver et ne pas oublier une chose essentielle : elle t'a aimée et protégée toute sa vie durant. J'avais beaucoup d'estime pour elle, c'était une femme remarquable et elle nous manque terriblement. Je suis sûre qu'elle n'aurait pas voulu te voir triste, il faut garder les plus belles images dans ta tête. » Je me suis mise à pleurer dans les bras de Mireille. « Je sais tout ça, mais pour l'instant je lui en veux car j'avais le droit de savoir. C'est vrai qu'elle a été mon ange gardien durant toute sa vie, et je suis sûre qu'elle est encore présente dans ces murs et qu'elle veille sur moi. Mais j'avais besoin qu'elle me le dise de vive voix. Pour l'instant, je tente de panser cette plaie, et j'avoue que j'ai du mal. » « Je comprends... Sache que je serai là à n'importe quelle heure du jour ou de la nuit, si tu veux parler, appelle-moi. » « Je te remercie Mireille, tu as toujours été là pour moi, et j'apprécie beaucoup. » Nous avons séché nos larmes et commencé à faire les cartons. J'avais mis de côté un foulard qui avait appartenu à Marie, et lorsque tous les cartons ont été fermés je le lui ai offert : « Tiens Mireille, je sais que tu l'as toujours aimé. » « Oh merci Camille ! Ce foulard m'a toujours plu, je vais le porter dès à présent. » « Voilà, c'est fait. Les cartons sont si lourds, je vais demander à Jean de venir nous aider. » Avec Jean, nous avons pu descendre tous les cartons dans la remise attenante à la chambre du rez-de-chaussée. Ensuite, Jean est parti nous choisir un sapin pour Noël. Lorsqu'il est revenu, cette odeur de sapin était un enchantement ! « Cet arbre est magnifique,

Jean ! » Nous l'avons décoré, exactement comme le faisait Marie.

Le 24 était arrivé. Blanche avait préparé un chapon et une bûche aux pistaches, sans oublier les cannelés. Paul avait apporté des bouteilles de Saint-Émilion de son domaine. Il lui avait été très difficile de s'échapper de sa famille. Il leur avait promis d'être présent le jour de Noël, mais il souhaitait réveillonner avec moi. D'ailleurs, je devais l'accompagner dès le lendemain, car ses parents désiraient me voir – en l'occurrence sa mère qui ne me connaissait pas. Nous avons dîné et Marie était présente dans nos cœurs. Mais il manquait des rires d'enfants dans cette maison, j'en étais consciente. Aussi, quand Paul a déclaré en levant son verre « j'espère que nos futurs Noëls seront baignés par des rires d'enfants ! », je me suis dit que c'était incroyable d'avoir pensé la même chose et au même moment. Mireille et Romain ont dormi dans la chambre du bas, Paul a passé la nuit avec moi.

Le lever a été rude, nous nous sommes dépêchés. Paul m'avait dit que ses parents étaient très ponctuels et prendraient très mal que l'on arrive en retard. J'avais soudain le trac : me retrouver au milieu de toute la famille me donnait la chair de poule. Nous sommes arrivés à l'heure, ses parents nous attendaient au portail. Dès le premier regard de sa mère, j'ai su que je ne lui correspondais pas. Elle a embrassé son fils tendrement et m'a serré la main. Le père de Paul était un homme merveilleux. Lors de notre première rencontre avec Paul, il m'avait déjà plu. Il m'a embrassée, m'a prise par la main et m'a présenté ses condoléances en me disant que Paul ne tarissait pas d'éloges envers Marie. Je l'ai remercié et nous sommes rentrés dans la maison. Il y avait plus de vingt personnes qui m'attendaient. J'avais une boule à l'estomac. La mère de Paul me regardait de la tête aux pieds, et elle a fini par sortir son venin : « Votre domaine ne vous manque pas ? Pourquoi ce départ précipité pour Paris, alors que vous avez choisi mon fils et que vous vivez ici ? Je ne comprends pas ce choix. » Avant même que je ne réponde, Paul est intervenu : « Maman, je t'en prie, ne commence pas. J'ai convaincu Camille de venir aujourd'hui pour vous présenter celle qui va devenir ma femme. J'en profite donc pour vous annoncer que nous allons nous marier au printemps prochain. » La mère de Paul était consternée. Elle s'est levée et est partie dans la cuisine. Paul l'a rejointe. Je n'ai pas tout saisi, mais il n'y avait pas que le four qui chauffait dans la cuisine, c'était houleux ! Mais cela pourrait me servir pour repousser ce mariage, je devais y réfléchir plus tranquillement. Dieu m'est témoin que je n'avais jamais assisté à un repas aussi long… Je n'en pouvais plus, et c'est à peine si j'ai touché à mon repas. Le dessert pointait enfin son nez. Le père de Paul s'est avancé vers moi et m'a dit : « Je sais que vous êtes une passionnée de la vigne, venez avec moi, je vais vous faire visiter nos chais. » J'étais ravie de le suivre, échappant ainsi à tous ces visages plus ou moins sympathiques. Une fois dehors, j'ai respiré une bonne bouffée d'air pur. « N'en voulez pas trop à ma femme. Paul est notre aîné, et elle compte donc sur lui pour la succession. Elle souhaite une femme plus axée sur la carrière de son époux, et par conséquent libre de pouvoir s'occuper de la maison et des enfants. Je crois que vous aviez compris. De plus, Paul avait flirté avec Rose, la fille de notre voisin, et ma femme a toujours pensé que ce serait elle la future belle-fille ». Paul m'avait déjà parlé ce cette « Rose », mais je n'imaginais pas qu'ils avaient été si intimes : j'ai été stupéfaite en l'apprenant. En fin d'après-midi, j'ai demandé à Paul de me raccompagner. J'étais fatiguée et je voulais passer un peu de temps avec Jean avant mon départ, car je devais repartir à Paris dès le lendemain. Après avoir remercié et embrassé tout le monde, je me suis précipitée dans la voiture. J'étais contente de rentrer à La Bastide. Pendant le trajet, j'ai parlé de cette Rose à Paul. Il a été très étonné : « Tu sais, Rose a toujours compté pour ma mère. Nos parents se connaissent depuis longtemps, et Rose et moi étions fiancés lorsque nous étions des gamins. Ma mère était persuadée qu'elle deviendrait ma femme. » « Mais est-ce que vous êtes sortis ensemble ou pas ? » « Oui, j'avoue qu'adolescents nous avons flirté, mais rien de sérieux. Nous sommes restés très proches, je la considère plutôt comme une amie. » « Ah bon ! Et quand tu comptais me le dire que vous aviez flirté et que ta mère la considérait déjà comme sa belle-fille ? » « Ne sois pas jalouse, je t'en prie. Rose est une amie, je te la présenterai. Tu verras, elle est très gentille, je suis sûre que vous pourrez devenir amies. », « Ah oui ? Et bien sache que je ne suis pas à la recherche d'amis, mais si je changeais d'avis je ne manquerais pas de te prévenir ! » « Camille, ne sois pas stupide ! C'était juste pour que tu comprennes que mes sentiments pour elle sont purement amicaux. » « Laisse tomber Paul, je suis fatiguée. » Quand nous sommes arrivés à La

Bastide, je suis descendue et j'ai embrassé Paul qui devait regagner Bordeaux. « Je pars demain matin, je t'appelle en arrivant à Paris. Je t'aime. » Paul est sorti de la voiture et m'a prise dans ses bras. « Moi aussi je t'aime. » Je regardais la voiture s'éloigner, et je ne sais pas pourquoi, je n'étais pas triste, j'étais heureuse de regagner Paris. J'avais déniché avec l'aide de Georges un petit studio dans les combles d'un immeuble. Il faisait à peine 20 m^2, mais depuis ma fenêtre je voyais les toits de Paris : c'était superbe.

Les échanges avec Paul devenaient difficiles, je sentais que je le perdais. Aussi ai-je décidé de lui faire une surprise : j'ai demandé à Georges de m'accorder un week-end de trois jours, juste avant la Saint-Valentin. Quand je suis arrivée à l'hôpital, je l'ai surpris à la cantine en train de déjeuner. Il s'est levé, a couru vers moi, et je me suis blottie dans ses bras. Nous sommes restés ainsi un long moment. Ensuite, nous avons convenu de nous retrouver en début de soirée : nous irions passer le week-end à l'océan. J'en ai profité pour rendre visite à Mireille et Romain. J'étais heureuse de les revoir. Le ventre de Mireille s'arrondissait, et pourtant il fallait y regarder à deux fois pour remarquer sa grossesse tant elle était restée fine. Nous avons pris le temps de parler. Romain était heureux de devenir papa, et Mireille m'a appris qu'elle prendrait un congé maternité pour s'occuper de sa fille. Eh bien oui, c'était une fille ! Et là, elle m'a dit qu'elle avait hésité à l'appeler Marie, et finalement Romain avait choisi Marianne. Je lui ai dit : « C'est très bien, Marianne ! » Puis elle m'a demandé d'être sa marraine. Mes yeux se sont remplis de larmes, je l'ai serrée dans mes bras. « Ce sera un bonheur pour moi d'être sa marraine ! » Je les ai quittés et je suis repartie chercher Paul. Nous avons passé deux jours fabuleux : nous avons fait l'amour tout le week-end, nous commencions à faire des projets, et je me suis rendu compte que je tenais réellement à Paul. L'épisode de peur était passé, je commençais à reprendre goût à la vie.

C'est Paris qui m'avait apporté cette paix intérieure. Georges était devenu une personne importante à mes yeux. Il passait pour un ours et était considéré par ses employés comme un patron très dur. En réalité, c'était un tendre, mais il ne voulait pas que ça se sache.

Le mois de mars approchait, il fallait absolument que je trouve une idée de cadeau de mariage pour mes amis. Après avoir fait tous les magasins avec la liste de mariage, je n'avais rien trouvé d'original, mis à part une ménagère complète que nous avions achetée Paul et moi. Je voulais leur offrir quelque chose de particulier. C'est alors qu'une idée germa dans ma tête : ils étaient en admiration devant une ancienne voiture qui avait appartenu à mon grand-père, une Citroën Traction Avant de couleur noire de 1952 ; j'ai appelé Jean pour lui demander de l'amener chez le garagiste et de la remettre en état. Le jour de leur mariage, j'étais dans la chambre de Mireille avec sa mère. Elle s'habillait, et tout en la regardant je me revoyais avec elle dans la cour de récréation avec notre maîtresse. Comment s'appelait-elle déjà ? Je ne m'en souvenais plus. Elle avait dû nous séparer car on bavardait tout le temps. Il me semblait que c'était hier... Dans cette magnifique robe, Mireille était radieuse. Sa mère avait dû donner quatre centimètres supplémentaires pour que le ventre de Mireille se voie le moins possible. Lorsque Mireille lui avait appris qu'elle était enceinte, elle avait eu droit à une engueulade mémorable ! Elles avaient décidé de le cacher au reste de la famille, dans un premier temps. À l'église, j'étais émue de les voir tous les deux réunis pour la vie, je me disais que Marie aurait aimé être présente, elle qui avait toujours été là pour eux, qui avait assisté à tous les moments importants de leur vie, qui avait été en quelque sorte une grand-tante pour eux. Ce fut un mariage extraordinaire : nous avons passé deux journées à manger et à boire.

Notre dernière soirée touchait à sa fin. Lorsque les derniers invités sont partis, j'ai invité Paul, Mireille et Romain à La Bastide. Nous nous sommes assis sous la tonnelle. Il faisait frais, Blanche nous a préparé une tisane pour nous aider à évacuer toutes ces victuailles et tout ce vin que l'on avait mangés et bus durant deux jours. Depuis mon adolescence, je bois une tisane le soir avant d'aller me coucher c'est un véritable cérémonial, je ne peux plus m'en passer, ça me fait un tel bien fou, j'ai une sensation de bien-être, comme si je me lavais de l'intérieur. Puis Jean s'est éclipsé. Lorsqu'ils l'ont vu arriver avec la Citroën, ils sont restés sans voix. Je leur ai dit : « Voilà, je sais que vous l'avez toujours aimée cette voiture, je voudrais vous l'offrir. » Les yeux de Mireille brillaient, elle s'est carrément jetée sur la voiture, Romain l'a suivie. Ils sont restés un long moment silencieux, et tout à coup nous avons entendu le moteur. Ils ont fait un petit tour et sont revenus. Nous sommes restés ensemble jusqu'à l'aube, et au petit matin les mariés se sont envolés pour l'Espagne. Moi, j'avais un train à prendre. Paul était triste sur le quai de la gare. Il m'a regardée m'éloigner et j'ai senti qu'il ne voulait pas que je reparte…

Un soir, quelques jours après, alors que je sortais du journal, il était dehors en train de m'attendre. J'étais surprise de le voir. Il m'a dit qu'il voulait me parler. J'ai senti qu'il était tendu. Nous sommes rentrés à l'appartement, et là j'ai eu droit à la même demande : il voulait que l'on fixe une date de mariage, et il m'a demandé quand je comptais rentrer à La Bastide. Bien sûr, nous nous sommes disputés. « Tu m'avais dit que tu partirais pour une année ! Aujourd'hui je te demande à quel moment tu comptes revenir. Nous avons besoin de fixer la date de notre mariage en fonction de ton retour. » Je lui ai répondu que je ne pouvais pas lui donner de date fixe, mais que ce serait certainement avant décembre. Il est entré dans une colère noire, s'est levé et a claqué la porte. Ce soir-là, je n'ai pas pu fermer l'œil. En fait, je crois bien que je ne voulais pas m'engager, cette situation me convenait car j'appréhendais le mariage.

En septembre, j'ai appris la naissance de ma filleule Marianne. Mireille se portait à merveille. J'avais reçu des photos de la petite, elle était ravissante ! Je pensais prendre quelques jours de congé pour rentrer à La Bastide et voir ce beau bébé. Entretemps, Georges m'a fait appeler dans son bureau et m'a appris qu'une certaine Yvonne Renard avait contacté le journal et posait des questions sur Marie Meunier. Elle souhaitait la joindre au plus vite. « Camille, descends au standard, elles te remettront son numéro de téléphone. » J'ai appelé à ce numéro et une voix douce m'a répondu. Je me suis présentée en tant que la nièce de Marie, et elle m'a donné son adresse. Le soir même, j'étais devant la porte cochère d'un immeuble. J'ai sonné à l'interphone, et quelques minutes après la porte s'est ouverte. Une femme de taille moyenne se tenait derrière. Elle m'a demandé de la suivre et nous sommes montées dans son appartement. Après m'avoir offert un thé, Yvonne Renard m'a expliqué qu'elle exerçait à l'hôpital de la Pitié-Salpêtrière en tant qu'infirmière. « Je ne sais pas par quoi commencer, je vais donc vous donner la raison de ma démarche. Voilà, je travaille dans le service de cancérologie de cet hôpital, et il y a quelques mois j'ai fait la connaissance d'un patient qui se nomme François Gautier. Après une radio banale, ce monsieur a appris qu'il était atteint d'un cancer, une tumeur aux poumons. Il a donc été admis dans notre service pour des séances de chimiothérapie. Au fil des séances, nous avons sympathisé, et il m'a dit qu'il avait été un des précurseurs de Médecins du Monde. Après des années consacrées à son métier, il était rentré définitivement à Paris. Mis à part des relations et quelques amis, il n'a aucune famille : il est fils unique et ses parents sont morts depuis longtemps. Lorsqu'il a appris qu'il était condamné, il m'a dit que personne ne le pleurerait, que c'était mieux ainsi, qu'il préférait ne pas laisser derrière lui une famille brisée. Je lui ai répondu que je ne partageais pas son opinion, qu'il était bon d'avoir aimé et d'être aimé, et même d'avoir des enfants. De fil en aiguille, il s'est confié à moi. Il avait un grand regret : il m'a avoué n'avoir aimé qu'une seule fois dans sa vie et avoir été marqué par cette jeune femme. Lorsque je lui ai demandé de m'en dire plus, il s'est ouvert à moi. Nous nous sommes alors liés d'amitié, et en dehors de ses séances nous sommes devenus proches. Un jour, il m'a donné le nom de cette femme : elle s'appelait Marie Meunier et travaillait dans un quotidien à Paris. Cette histoire me taraudait, je n'en dormais plus la nuit tellement j'avais de la peine pour lui. Comme je ne pouvais pas rester sans rien faire, j'ai effectué quelques recherches en croisant son récit avec les dates. C'est ainsi que je suis remontée jusqu'à Georges Aubert, et vous êtes là. Je vous remercie d'être venue. Alors vous êtes la nièce de Marie Meunier ? » « Oui. Malheureusement, ma tante est décédée il y a onze mois. » Yvonne Renard me présenta ses condoléances et ajouta : « Je suis navrée ! Je réalise que je n'avais pas le droit de faire cette démarche. » Elle me demanda d'oublier tout ça et de rentrer chez moi… sauf qu'elle ignorait qu'elle s'adressait à la fille de ce François. Je l'ai quittée, mais ce soir-là je n'ai pas voulu me coucher. J'étais très excitée : une voix me disait d'aller rencontrer ce François et l'autre voix me disait de tout oublier…

J'avoue que j'ai écouté mon cœur encore une fois. Le lendemain, profitant de ma pause de déjeuner, je me suis rendue à la Pitié-Salpêtrière où il était hospitalisé depuis quelques jours. L'infirmière était là. Elle m'a souri et m'a accompagnée à sa chambre. Tout d'un coup, j'ai eu peur, et je suis repartie. Toute la semaine, j'ai refait le trajet mais je ne suis pas montée… J'avais besoin d'en parler à quelqu'un : j'ai appelé Mireille, la seule qui était dans la confidence, la seule qui avait lu la lettre de Marie. Je n'avais toujours pas révélé ce secret à Romain, et encore moins à Paul. Prétextant un séjour entre filles, Mireille est venue me voir à

Paris. Elle avait confié la petite Marianne à sa mère et avait pris le premier train pour me rejoindre. Je l'attendais avec impatience. Lorsque je l'ai vue, j'ai fondu en larmes : ma meilleure amie était là, avec moi. Nous sommes rentrées et nous avons longuement parlé. C'est elle qui m'a donné la force qui me manquait. Elle m'a encouragée et m'a dit : « C'est ce que tu souhaites, alors n'hésite pas, fais-le ! Car s'il meurt, je pense que tu regretteras de n'avoir pas fait ce pas. » Elle avait raison. Aussi, lui ai-je demandé de m'accompagner.

Mireille a toujours été discrète. Elle est venue mais a attendu dans le couloir. Je suis rentrée seule, il était là, en train de dormir. J'ai rebroussé chemin, mais lorsque j'ai ouvert la porte il s'est réveillé et il m'a appelée. Je me suis retournée. Il était affaibli, mais même âgé et malade il était encore beau. « Ce devait être un bel homme », me suis-je dit. Je me suis avancée et je me suis présentée à lui comme étant la nièce de Marie. J'ai vu ses yeux s'illuminer lorsque j'ai prononcé son prénom, et de grosses larmes ont recouvert ses joues. Il m'a priée de m'assoir et m'a demandé des nouvelles de Marie. « Elle est décédée il y a quelques mois. » « Pardonnez-moi, je vous présente toutes mes condoléances. » Puis il a ajouté : « Je pense que je ne devrais plus tarder à la rejoindre. » Il m'a pris la main et m'a regardée : « C'est incroyable comme vous lui ressemblez ! » « Oui, je sais, elle comme moi sommes le portrait de mon arrière-grand-mère... » J'ai fait mon possible pour garder mon sang-froid et ne pas tout lui avouer d'un coup. Au bout d'une demi-heure, j'ai vu qu'il était fatigué. « Vous devriez vous repo-

sez, je vais m'en aller. » « Voudriez-vous revenir me voir ? »
« Oui, bien sûr. » Je suis sortie de la chambre et je me suis
effondrée dans le couloir. Mireille m'a aidée à me relever et
m'a embrassée. « C'est très bien Camille, il faut énormément de courage. Je t'admire, tu sais ! » Les jours suivants,
j'ai rendu visite à François. Puis en fin de semaine, Mireille
est repartie. Après son départ, j'ai eu un pincement au cœur.
J'ai appelé Paul, nous avons parlé pendant des heures. Il me
manquait terriblement.

Mon année au sein du journal allait prendre fin.
Georges m'a demandé de rester à Paris. Je l'ai remercié,
j'avais eu une année enrichissante, mais La Bastide me manquait trop, je voulais rentrer. Il m'a serrée dans ses bras et
m'a dit : « De ta province, pense un peu à moi. » J'ai répondu : « Pas de souci. Et vous, quand vous voudrez visiter
notre belle région, appelez-moi. » Je suis rentrée à
l'appartement, j'ai fait ma valise. Le lendemain matin, je me
suis rendue à l'hôpital. Yvonne m'attendait avec le médecin.
Ils m'ont appris que François se portait mieux. Ils pensaient
que mes visites quotidiennes lui avaient donné cette force.
Oui, j'avoue que je lui rendais visite après mon travail :
j'avais une autorisation, et je faisais la lecture à François.
J'ai demandé à ce médecin qui avait les yeux bien tristes, à
trop voir des gens mourir, combien de temps il lui restait à
vivre. Il m'a répondu : « Entre quatre et six mois, tout dépend de son entourage. Car voyez-vous mademoiselle,
quand un malade est entouré par sa famille ou des proches,
cela provoque un déclic psychologique et il se bat contre la
maladie. Donc le délai dépend beaucoup de cet entourage,

nous le remarquons ici tous les jours. Vous m'excuserez, j'ai d'autres patients qui m'attendent. » Je l'ai remercié et me suis dirigée vers la chambre de François. Yvonne m'a rejointe et m'a dit : « Vous partez n'est-ce pas ? » « Oui, je rentre chez moi. » Son visage s'est soudain assombri, puis elle m'a remerciée de ce que j'avais apporté à cet homme que je connaissais à peine. Mais François avait pris une certaine place dans mon cœur, je ne pouvais pas l'abandonner. C'est à ce moment très précis que j'ai eu cette idée : pourquoi ne pas le ramener à La Bastide ? Cette maison soignait les maux du corps comme les maux de cœur, elle avait apporté une grande sérénité à tous ceux qui y avaient séjourné. C'est alors que je me suis tournée vers Yvonne : « Croyez-vous qu'il puisse voyager, jusqu'en Gironde ? » Elle m'a souri : « Oui, je le crois… » Je l'ai embrassée et je suis rentrée dans la chambre. François m'attendait, un livre à la main. Je l'ai embrassé et je lui ai demandé : « Comment saviez-vous que je venais ce matin ? Ce n'était pas prévu. » Il a fini par lâcher : « C'est mon amie Yvonne qui me l'a appris tout à l'heure. » « Vous a-t-elle dit pourquoi ? » « Non, pas du tout, je vous le promets. » « Voilà, je dois rentrer chez moi pour raison familiale. » C'est alors qu'il a eu comme un voile dans ses beaux yeux. Je lui ai pris la main et je lui ai dit : « Je reviens dans quelques jours, c'est promis ! » Il m'a souri : « Je vous remercie pour tous ces moments de bonheur que vous m'avez donnés, mais vous avez votre vie, vous ne me devez rien. Ne vous sentez pas obligée de revenir me voir, vous pouvez m'écrire. » « Écoutez François, au lieu de dire des sottises, vous devriez vous reposer.

Je dois vous laisser, je reviendrai. Et surtout, ne vous laissez pas aller, je veux vous retrouver en forme à mon retour ! » Il m'a fait signe de m'approcher, et m'a prise dans ses bras. Je suis restée là, de longues minutes, j'ai senti à cet instant qu'il n'avait que moi. Je l'ai embrassé, je suis sortie de la chambre, et je me suis rendue directement à la gare.

À Bordeaux, Paul m'attendait. Il avait maigri et avait l'air fatigué. Je lui ai dit que j'étais très heureuse de le revoir. On s'est embrassés et on rentrés à La Bastide. Il avait pris quelques jours de congé pour pouvoir passer du temps avec moi. Le lendemain, j'ai décidé d'inviter Mireille, Romain et la petite Marianne. Jean et Blanche devraient être également présents à l'occasion de ce repas : j'allais leur révéler ce que j'avais appris.

Nous étions à table. N'y tenant plus, je me suis levée avec mon verre à la main : « Je suis heureuse mon amour, mes amis, d'être de retour parmi vous. J'ai mal agi ces derniers mois avec vous tous : j'ai eu un comportement parfois agressif et je me suis aussi éloignée de l'être que j'aime, de vous, mes amis, et de vous aussi, Jean et Blanche. Vous êtes désormais ma famille, et je sais que je pourrai compter sur vous si j'avais un quelconque souci. » Avant de me laisser poursuivre, ils se sont tous regardés et m'ont demandé si j'avais des problèmes, si j'étais malade. Paul s'est levé : « Tu es sûre que tout va bien ? » « Mais oui, je vous assure que je vais bien et je vais tout vous dire. Asseyez-vous, vous risquez d'en avoir besoin. Quelques jours avant son décès, Marie avait confié à Jean une boîte à l'intérieur de laquelle se trouvaient quelques photos de notre famille, un coffret de parfum jamais ouvert et une lettre à mon attention. Cette lettre me révélait qu'elle avait aimé un homme jadis, et que ce dernier était parti sans laisser d'adresse. De cet amour est né un enfant. Trop jeune et dans un moment de détresse, elle a confié cet enfant à sa sœur Adèle et à son mari Julien. Aujourd'hui cet enfant est devant vous : je suis l'enfant abandonné par une femme désemparée, mais qui a grandi protégé et aimé. À la mort de mes parents adoptifs, ma mère biologique est revenue auprès de moi, et elle m'a donné tellement d'amour que je n'ai jamais ressenti le manque de mes parents adoptifs. Ce lourd secret, elle l'avait partagé avec Jean et Blanche, et aujourd'hui je leur renouvelle mes remerciements car ils ont toujours été présents pour elle. » J'ai vu les visages se décomposer... Paul s'est levé, je lui ai demandé de se rasseoir parce que je n'avais pas fini. « Cet homme qui se trouve être mon père, je viens de le retrouver : il est malade et est hospitalisé à la Salpêtrière. Je lui ai rendu régulièrement visite toutes ces dernières semaines. Il ne s'est jamais marié, n'a aucune famille ni aucune descendance, il n'a que moi. C'est pourquoi je vous annonce à tous que j'ai pris la décision de le ramener à La Bastide pour y mourir. » Mireille a éclaté en sanglots, Jean et Blanche m'ont embrassée, Romain était sonné, Paul s'est levé et a quitté la table. J'ai couru pour le rattraper, et là il m'a dit : « Bonne nuit ! Je préfère rentrer, on en parlera demain si tu veux bien. Je suis trop en colère, pour en parler maintenant. » Il a démarré et a disparu. Je suis restée immobile, à penser ce que j'avais bien pu faire... Mireille m'a rejointe et m'a dit : « Je suis fière de toi ! Ne t'en fais pas, ça a dû être un choc pour lui. Demain, il fera jour… »

Le lendemain matin, je me suis rendue chez Paul. Sa mère, toujours aussi aimable, m'a demandé d'attendre sur la terrasse. Paul est descendu et nous sommes partis marcher, sous le regard aiguisé de sa mère. « Je voudrais comprendre ton attitude », a-t-il commencé. « Tu prends des décisions sans me consulter. Je t'aime Camille, et je ne demande qu'à te comprendre. Je souhaite que tu deviennes ma femme et que l'on fonde notre propre famille. Je veux voir grandir nos enfants et construire leur avenir. Je pensais que tu partageais tout ça, mais aujourd'hui je n'en suis pas sûr. » Je n'ai pu m'empêcher de répondre en haussant le ton : « Comment peux-tu parler ainsi ? Je t'aime Paul, et je tiens à toi. Je veux aussi fonder notre famille et voir grandir nos enfants, mais je ne pourrai pas le faire si je dois abandonner mon propre père. Que ça me fasse plaisir ou non, je ne peux pas effacer le fait que cet homme est mon père, et je dois accepter qu'au bout de vingt ans je passe du statut de nièce au statut de fille. À l'heure où je te parle, ma mère est morte, mais j'ai la chance de connaître mon père qui est mourant. Sache que François a aimé ma mère, mais il ne voulait pas renoncer au projet de sa vie, et il a consacré toute sa vie à sauver des gens. Aujourd'hui, il est seul, sans aucune famille. Je ne peux pas le laisser, je me dois de le ramener auprès de ma mère. Pour moi, c'est un devoir, tu peux comprendre ça ? » « Je peux comprendre, en effet, mais cet homme sait-il que tu es sa fille ? » « Non, bien sûr que non je ne le lui ai pas encore dit. Mais ça ne change rien, je dois l'aider quand même. » « Tu n'as aucun devoir envers lui. » « Tu as raison, je me suis mal exprimée. Je veux l'aider parce qu'il est mourant et qu'il a besoin de moi. » « Je ne vois pas pour quelle raison je devrais subir la présence de ce monsieur ! » « Tu veux dire de mon père, parce que même si tu as du mal à le digérer, il est mon père, et à ce juste titre je veux m'occuper de lui. Son médecin m'a affirmé qu'il avait peu de temps à vivre. Je voudrais donc être auprès de lui pour le temps qui lui reste. » « Je vois… Tu as donc pris la décision de le ramener, et ce, contre mon avis. Et notre mariage, qu'en fais-tu ? » « Nous pouvons le reporter de quelques mois. On n'a pas besoin d'être si pressés, on a la vie devant nous. » « Pardonne-moi Camille, mais ça va plus loin que ça : tu vois bien qu'on n'a pas les mêmes priorités ! Aujourd'hui, c'est ton père, demain, ce sera autre chose. Tu as voulu partir à Paris alors que je souhaitais que tu restes. Tu es tellement impulsive et révoltée ! Tu n'as besoin de personne, et je doute que je puisse t'apporter quelque chose. » « Mais Paul, je t'aime ! » « Je sais bien Camille, et moi aussi je t'aime. Mais je viens de me rendre compte que nous faisons fausse route, tu ne veux pas de ce mariage. Écoute, on se donne un peu de temps pour réfléchir. Je te laisse. »

Je n'ai pas voulu ajouter quoi que ce soit, car j'avais bien vu que Paul avait changé. Ou peut-être était-ce moi qui avais changé. Je suis repartie à La Bastide. Alors que ma vie sentimentale basculait, tout au long du trajet je n'ai pas versé une seule larme. Je crois même que j'étais soulagée que Paul ne m'attende plus. Peut-être avait-il raison : je ne voulais pas de ce mariage. Arrivée à La Bastide, j'ai demandé à Jean de préparer la chambre du rez-de-chaussée pour recevoir François. J'ai vu un sourire éclairer son visage. Il m'a dit : « Tu ressembles beaucoup à Marie ! » Et là, pour la première fois, j'ai répondu : « Tu veux dire à ma mère ! Cela me fait penser, Jean, que je vous ai entendus à la veille de sa mort. Vous aviez une conversation plutôt vive. De quoi parliez-vous ? » « J'avais vu Marie très fatiguée. Je connaissais le problème familial, cette malformation du cœur, et je l'ai suppliée de tout t'avouer. Mais tu le sais aussi bien que moi : elle était têtue. Elle ne voulait pas s'en aller en te voyant malheureuse, elle disait que, te connaissant, ta première réaction serait violente et elle ne voulait pas gâcher les derniers jours qui lui restaient. Elle a eu l'idée de t'écrire, quelques jours avant. » « Merci pour cette explication. » « Camille, je n'ai pas à te donner de conseils, je connais ton grand cœur. Recevoir ton père c'est une chose, mais sacrifier ta vie amoureuse, c'en est une autre. As-tu bien réfléchi pour Paul ? » « Tu as complètement raison Jean, je ne veux pas de tes conseils sur ce point-là. Je t'adore, mais je suis assez grande pour décider par moi-même. » Il m'a embrassée sur le front et s'en est allé. Jean m'a toujours embrassée ainsi : un baiser de patriarche. Je ne sais pas ce que je ferais sans lui.

Je me suis rendue chez Mireille. Lorsqu'elle m'a vue, elle a compris. Elle me connaissait si bien ! « Tu as pris ta décision, n'est-ce pas ? Tu vas quitter Paul... » Je n'avais pas eu besoin de le lui dire, elle l'avait senti. « Tu sais Mireille, je crois que je me suis efforcée de rentrer dans le fameux cercle du mariage. Je voulais tellement réussir là où ma Marie avait échoué, enfin je veux dire ma mère, mais au fond de moi, je sais que je ne le voulais pas aussi fort que Paul. Aujourd'hui, ma vie est comme fissurée, j'ai besoin d'en consolider les bases. Je voudrais vivre tout simplement, n'avoir personne pour me juger, personne à qui je doive rendre des comptes, je n'ai pas envie d'avoir de limites pour tout ce que j'entreprendrai. La responsabilité d'un enfant me fait peur… Je crois que j'ai toujours voulu être libre, libre de toute attache. De quel droit je me montrerais égoïste envers Paul en lui demandant de m'attendre ? C'est impossible. Et quand bien même il me le proposerait, je refuserais. J'ai un tel besoin de liberté, j'ai l'impression d'étouffer ! » « Camille, tu sais ce que tu ne veux pas, c'est déjà ça. Si tu ne te sens pas de t'engager, ne le fais pas, car ton mariage serait voué à l'échec. Tu as raison de renoncer, tu as pris une sage décision, si douloureuse soit-elle. Allez viens, on va rejoindre notre petite Marianne, tu pourras lui donner le biberon si tu veux. » Je suis restée chez Mireille toute la journée. Quand Romain est arrivé en fin d'après-midi, je suis allée faire quelques pas avec lui. Il était doux, il m'a prise par la taille et m'a dit : « Moi, je n'ai jamais voulu t'en parler, mais je savais au fond de moi que tu n'étais pas faite pour cette vie-là. Te fixer aussi vite ça ne te ressemblait pas. Je crois, Camille, que tu as raison, parce que vous vous seriez fait du mal tous les deux. Paul est quelqu'un de merveilleux, mais lui, son rêve, c'est un foyer, une femme qui l'attend à la maison lorsqu'il rentre tard, et des enfants qui grandiraient auprès de lui. Il veut faire comme ses parents : ils se sont rencontrés, mariés, et ont eu des enfants rapidement. Sa vie est réglée comme du papier à musique, alors que toi, tu vis au jour le jour, je te connais bien. La seule chose qui vous lie, c'est l'amour que vous avez l'un pour l'autre. » « Oui, c'est vrai, je l'aime, mais malheureusement je ne peux pas lui donner tout de suite ce qu'il attend, et je sens que c'est une sage décision que je prends. Voudrais-tu me rendre un service ? Je vais écrire une lettre à Paul, et tu la lui remettras à l'hôpital lundi. Je ne me sens pas le courage de l'affronter. » « Camille, je pense que tu fais une grosse erreur : tu dois l'affronter et lui parler, la lettre n'est pas la bonne solution. » « Tu as raison, j'irai le voir lundi. » Nous nous sommes arrêtés de parler et nous avons continué à marcher, la main dans la main. Je suis rentrée très tard à La Bastide. Jean et Blanche avaient préparé la chambre comme je le leur avais demandé. Je suis allée me coucher.

Je me suis levée à 6 h. J'étais dans le chai lorsque Jean est venue me chercher : Paul m'attendait sous la tonnelle. J'étais très étonnée, il n'était pas loin de 7 h. En arrivant, j'ai vu qu'il avait un bouquet de fleurs à la main. Il m'a embrassée très fort et s'est excusé : « Je ne sais pas ce qui m'a pris hier, je crois que je n'ai pas voulu voir que c'était important pour toi de ramener ton père à La Bastide. Tu as raison, notre mariage attendra. » « Tes fleurs sont magnifiques ! Je te remercie. Viens, rentrons, tu veux un thé ou un café ? » « Oui, merci, je veux bien un café. » Le café était chaud et me faisait du bien, car ce matin l'air était très frais « Paul, je t'aime, tu ne dois pas en douter, mais comme tu l'as si bien dit, il y a autre chose qui m'empêche de m'engager. Toi, tu veux fonder une famille tout de suite pour voir grandir tes enfants, alors que pour moi, ce n'est pas une priorité. Mon horloge biologique ne s'affole pas encore, je veux pouvoir bouger, voyager, faire ce qui me plaît sans aucune limite, sans rendre de comptes à qui que ce soit. Je ne veux pas de toutes ces concessions que les couples se font pour pouvoir avancer. Vivre dans le regret ou le remords, ce n'est pas mon truc. Je ne veux pas me réveiller un matin et m'apercevoir que je suis passée à côté de ce que je voulais vraiment. Je ne veux pas te reprocher un jour ce que je te refuse aujourd'hui. Paul, tu sais au fond que j'ai raison : aujourd'hui nous nous aimons, demain nous nous détesterions. » Il m'a serrée très fort contre lui et m'a embrassée. Nous avons pleuré tous les deux et nous sommes restés là sans bouger, durant des heures. Puis je l'ai raccompagné. Lorsque je l'ai embrassé, j'ai glissé dans sa poche la bague de nos fiançailles. Et j'ai vu l'homme que j'aimais s'éloigner, mais je n'ai pas bougé.

Le lendemain matin, je suis repartie à Paris. J'avais hâte de revoir François. Quand je suis rentrée dans sa chambre, j'ai eu un choc terrible : tout était rangé, plus de draps, plus de couverture ; j'ai fouillé dans le placard, il n'y avait plus ses affaires. J'ai couru dans le couloir en cherchant Yvonne. Je suis tombée sur une autre infirmière qui m'a conseillé d'aller demander au bureau des infirmières. Je m'y suis rendue mais il n'y avait personne. Je suis descendue à l'accueil, et à travers la baie, j'ai aperçu François assis sur un banc avec un livre. Mes yeux se sont remplis de larmes. Je les ai essuyées d'un revers de main et je l'ai rejoint : « Bonjour François ! » Il s'est retourné : « Je suis très heureux de vous revoir Camille ! » « Moi aussi ! Je suis allée dans votre chambre, et ne vous trouvant pas j'ai cru que vous étiez parti sans me dire au revoir ! » « À moins que le destin ne choisisse pour moi, je ne serais pas parti sans vous revoir. On m'a changé de chambre, je suis proche de l'ascenseur maintenant. Comme ça, je peux aller marcher dans le parc. Vous m'avez manqué Camille ! » « C'est gentil. Je vois que vous marchez tout seul, c'est bien, vous avez repris des forces. Alors, qu'est-ce que vous lisez ? » « Je relis *Les Fleurs du mal*. » « Oh ! C'est un de mes livres préférés ! François, j'aimerais vous parler un instant. » « Oui, bien sûr. Rien de grave j'espère ? » « Non, ne vous inquiétez pas. » Je m'étais mis dans la tête de tout lui dire, mais je n'en ai pas trouvé le courage. « Je verrai bien plus tard », me suis-je dit. « François, je voulais vous proposer de venir vous installer à La Bastide avec moi, qu'en pensez-vous ? » « Je suis très honoré de votre invitation, mais Camille, je ne peux pas accepter. Que devient votre projet de mariage ? Je ne veux pas être une charge pour vous, et vous me connaissez à peine. Vous ne devez pas avoir pitié de moi. » « Je vous arrête tout de suite. François, vous n'y êtes pas du tout. Je n'ai pas pitié de vous, je le fais en mémoire de Marie. Elle ne me le pardonnerait pas si je ne vous le proposais pas, et je suis persuadée que si elle était encore en vie c'est ce qu'elle aurait fait. Elle vous a aimé tout au long de sa vie. » François s'est mis à pleurer. « Vous savez Camille, j'ai aimé votre tante plus que je ne voulais l'admettre, et aujourd'hui, avec le recul, je regrette de l'avoir quittée. Ce sacrifice ne valait pas l'amour de cette femme. Mais elle était tellement jeune, j'étais persuadé qu'avec le temps elle m'oublierait vite et construirait sa vie avec quelqu'un d'autre. Ce que vous me

dites me rend soudain très triste, je m'en veux horrible-
ment ! » « Savez-vous qu'elle était partie vous rejoindre en
Afrique ? Elle vous a recherché sans aucun relâche, malheureusement elle ne vous a pas retrouvé. » « Je l'ignorais, bien
sûr, sinon je n'aurais pas eu le courage de la quitter une seconde fois. » « Donc, on est bien d'accord ? Ce que je vais
vous dire va sans doute vous choquer, mais ce que je vous
propose aujourd'hui c'est de retrouver Marie. Vous connaissez l'issue de votre maladie, le médecin a été clair à ce sujet.
Je vous encourage donc à accepter, vous découvririez La
Bastide, et je suis sûre que vous aussi vous tomberez sous
son charme. » « Dans ce cas, j'accepte votre proposition. ».
Nous sommes remontés dans la chambre. Yvonne était là,
elle a tout de suite compris. François est parti se reposer, et
nous sommes restées à parler dans le couloir : « Yvonne, je
vous remercie d'avoir contacté le journal, je suis très heureuse de l'avoir rencontré. Je viens de lui proposer de
m'accompagner à La Bastide où il demeurera jusqu'à la fin.
Ainsi, il pourra dormir pour l'éternité auprès de Marie, dans
le caveau familial. » « Vous êtes une magnifique personne,
Camille ! Que Dieu vous garde ! Je vais préparer François
pour demain matin. Savez-vous où coucher ce soir ? » « Je
trouverai bien un petit hôtel par là, ne vous en faites pas. »
« Camille, je serais très honorée que vous acceptiez de passer la nuit chez moi. J'ai une chambre d'amis. » « Merci.
Mais vous êtes sûre que cela ne vous dérangera pas ? »
« Non, ce serait un réel plaisir de vous accueillir. » Nous
avons passé toute la soirée à parler. J'ai appris que son fils
était mort dans un accident de voiture, et que son mari l'avait

quittée pour sa secrétaire. Aussi, Yvonne s'était dévouée corps et âme à son travail, et elle en faisait beaucoup plus : lorsqu'elle voyait la détresse d'un patient, elle l'accompagnait jusqu'au bout. C'était une femme remarquable ! Je ne l'ai plus revue, mais nous avons gardé le contact durant quelques années. Quand mes lettres sont restées un jour sans réponse, je n'ai pas voulu savoir : j'ai préféré croire que, bousculée dans l'accompagnement des patients en quête de sourires et de chaleur, elle n'avait plus le temps de m'écrire.

Quand nous sommes arrivés à la gare de Bordeaux, Jean nous attendait comme prévu. Il a aidé François à descendre du train et à s'assoir dans la voiture. J'aurais dû m'en douter, du monde nous attendait à La Bastide : Blanche, Mireille, Romain et la petite Marianne. Nous avons déjeuné tardivement, puis François a été se coucher. Les autres sont restés pour discuter. Romain trouvait mon acte courageux, et il m'a même avoué, qu'en tant que médecin, il ne savait pas s'il aurait trouvé la détermination d'agir ainsi. Mireille était ravie de me voir heureuse. Quant à Jean et Blanche, ils étaient enfin soulagés par mon retour à La Bastide.

Le lendemain matin, je n'ai pas dérangé François, je l'ai laissé se réveiller tout seul. Il était près de 10 h lorsque j'ai entendu qu'il m'appelait. Quand je suis rentrée dans sa chambre, il était debout, douché et habillé. « J'ai dormi comme un bébé et je n'ai pas vomi ce matin. J'ai une grosse faim ! » Je l'ai installé dans la cuisine près de la cheminée, dans ce vieux fauteuil confortable que Marie aimait tant et où elle passait des heures. Blanche avait réquisitionné ce fauteuil, mais ce matin c'était François qui en profitait pendant que Blanche lui préparait un petit déjeuner copieux. Il m'a demandé de m'assoir tout près de lui, il voulait que je lui parle de Marie. Alors j'ai commencé ainsi : « Marie était une adolescente impulsive, combattive, volontaire, comme vous le savez. Elle ne supportait pas qu'on lui dise ce qu'elle devait faire, elle voulait se débrouiller par elle-même, et elle tenait souvent tête à son père. Elle était le contraire de sa sœur Adèle. Mais c'était une personne qui aimait les gens, elle aidait tous ceux qui en avaient besoin. Tout le monde l'appréciait, même les saisonniers pendant les vendanges. Ces derniers aimaient travailler avec elle, elle peinait dans les vignes avec eux, elle n'avait jamais mis de barrière entre elle et les ouvriers, elle était la gentillesse incarnée : voilà ce que l'on entendait dans les vignes. Plus tard, lorsqu'elle est devenue une jeune femme, sa forte personnalité lui a valu les colères de son père, mais sa mère la soutenait et prenait toujours son parti. Jusqu'au jour où elle leur a annoncé qu'elle voulait être journaliste et vivre à Paris. Bien sûr, ses parents s'y sont opposés, et c'est à partir de ce moment que sa vie est devenue très difficile : elle était en perpétuel conflit avec son père. Puis un jour, Marie s'est enfuie à Paris avec l'aide d'Adèle. Elle a travaillé dans un café, ensuite dans un restaurant. Elle a aussi travaillé en tant que vendeuse à la Samaritaine, elle a même été modèle pour des peintres. C'est Georges qui m'a révélé tout ça car elle ne m'avait jamais donné de détails. » « Vous savez, je n'ai jamais rencontré une personne avec une aussi forte personnalité que votre tante. », « Je sais, tous les gens qui l'ont connue le disent.

Elle avait trouvé sa place au sein du journal, et à l'époque ce n'était pas facile pour une femme. La suite, vous la connaissez puisqu'elle vous a rencontré. Mais lorsque vous avez disparu, elle était anéantie. » « Camille, en fait elle ne m'avait pas raconté grand-chose d'elle, mais je dois dire que je n'ai pas cherché à savoir. Je me suis comporté comme un lâche : j'avais organisé mon départ depuis plusieurs jours, je savais que ce serait douloureux pour elle, alors j'ai profité de son absence pour la quitter. » « Vous savez François, cette période a été effectivement la plus douloureuse de sa vie : le décès de son père, votre départ sans une explication, sans un mot, et pour finir il y a eu le décès de sa mère. Tous ces moments tragiques l'ont brisée, mais il ne faut pas vous en vouloir. Aujourd'hui, je ne sais pas comment j'aurais réagi à votre place. D'ailleurs, mon comportement envers Paul n'est pas très correct, et je me dans une situation similaire à la vôtre. » « Je ne comprends pas Camille… » « Paul et moi devions nous marier, il avait tout planifié, quand et où se marier, le nombre d'enfants que nous aurions et même les prénoms… et ça m'a fait peur. Je ne voulais pas de tout ça. Contrairement à Paul, j'ai tout simplement envie de vivre sans faire de projet à court terme, envie de profiter du temps qui passe. J'aurais tellement voulu que Paul ne s'attache pas aux préoccupations de ses parents qui se soucient uniquement de fonder une famille. Il ne m'a même pas demandé si j'étais prête à vivre tout ça. Vous savez, François, vous aviez pris la décision de faire passer votre métier avant tout, votre passion avait pris le dessus, vous vouliez créer cette association formidable, et aujourd'hui, vous pouvez en être fier, vous y êtes arrivé. Pensez à tout ça. Il ne faut pas vous en vouloir : croyez-vous que vous auriez autant fait pour cette organisation si Marie était restée auprès de vous ? Il est évident que cette passion était dévorante. Votre amour n'aurait certainement pas survécu, vous vous seriez déchirés. Moi aussi, je tiens à ma liberté, et je ne veux pas y renoncer. Après le décès de Marie, j'ai réalisé que je voulais vivre autre chose, je ne voulais pas être prise au piège par amour. Vous voyez, nous nous ressemblons : vous avez renoncé à cet amour, de la même façon que j'y ai renoncé. »

J'aimais ces heures où nous parlions de choses et d'autres, c'était comme s'il avait toujours été là. Un jour, je me trouvais devant sa chambre, la porte était entrouverte. Par curiosité, j'ai passé la tête, je l'ai vu sourire en regardant des photos qu'il tenait dans sa main. Je suis entrée et je lui ai demandé pourquoi il souriait ainsi. Il m'a répondu : « Approchez, Camille, et asseyez-vous près de moi, je vais vous présenter mes parents. » Je lui ai pris les photos des mains. Son père était son portrait tout craché. Il avait intégré l'hôpital des armées, et avait gravi les échelons pour finir chef de service en cardiologie. Sa mère avait été infirmière. Sur la photo, elle était magnifique : une chevelure incroyable, blonde avec de grandes boucles, et de magnifiques yeux bleus. Ils s'étaient rencontrés durant la Deuxième Guerre mondiale : elle travaillait alors à la Croix-Rouge, et ils ne se sont plus quittés. Un vrai coup de foudre ! Ils se sont mariés, et quelques semaines après François est né « Camille, j'ai aimé mes parents de toutes mes forces. Ils m'ont enseigné l'amour de mon prochain, ils m'ont inculqué les valeurs de la vie, et j'ai tout fait pour m'y tenir. Ils m'ont toujours soutenu dans mes choix, même lorsque j'ai dit à mon père que je ne marcherais pas dans ses pas. Je les pleure encore aujourd'hui. Ces photos ne m'ont jamais quitté, c'est pourquoi elles sont si abîmées : je les garde dans mon portefeuille depuis des années. » « J'imagine que c'est réconfortant de les avoir près de vous, François. » « Oui, ça me réconforte, et je dois dire que je pense à eux de plus en plus. Je n'ai pas peur de mourir Camille, j'ai bien vécu. Grâce à mon métier, j'ai rencontré des gens si merveilleux, alors démunis de tout ! Ils gardaient espoir, ils m'ont donné la force pour les aider, et je ne pensais pas qu'au terme d'une maladie je vous rencontrerais. Je ne sais pas comment vous remercier, je voudrais que vous sachiez que si j'avais eu le bonheur d'avoir un enfant, j'aurais souhaité qu'il vous ressemble. Je vous regarde faire tous les jours : vous pansez et vous soignez tous les maux et toutes les douleurs des gens qui ont en besoin, pour vous il faut que chaque personne qui vous entoure soit heureuse, vous vous occupez de tout le monde, et je ne vous ai jamais entendue vous plaindre. Cependant, il n'y a qu'une personne que vous négligez : cette personne, c'est vous. Il faut que vous preniez soin de vous, il faut penser à vous… » Je le regardais et j'ai vu des larmes couler le long de ses joues. Je le voyais si fragile, la lumière qui brillait dans ses yeux s'affaiblissait chaque jour, mais il était si courageux ! En le quittant, je lui ai dit : « François, ne vous inquiétez pas pour moi. Vous voir me sourire, c'est un bonheur, voir mon entourage heureux, c'est un bonheur aussi. Je donne de l'amour et j'en reçois, mais vous aussi, vous avez donné tant d'amour à des milliers de gens et vous en avez reçu en retour. Alors, vous devez savoir ce que l'on ressent quand on aide les autres, n'est-ce pas ? » Il m'a souri et je l'ai embrassé sur le front.

Je me suis retrouvée dans la cuisine en train de pleurer : c'était dur pour moi de ne pas lui avouer la vérité. Je pensais à Marie, et pour la première fois je me sentais capable de l'excuser d'avoir caché son lourd secret.

Le lendemain, François était dans la bibliothèque en train de regarder nos albums de famille « Camille, voulez-vous me raconter l'histoire de votre famille ? » « Oui, je veux bien, mais je vous demande à l'avenir de me tutoyer si vous le voulez bien, et j'en ferai de même. » « Oui, c'est d'accord Camille, je t'écoute. » « Je vais tenter de te raconter son histoire à travers le récit qui m'a été raconté par Marie. Es-tu bien assis François, car j'ai bien peur que cela ne prenne un peu de temps ? La Bastide avait appartenu à une grande famille avant qu'elle ne devienne notre maison : nous la devons à mon arrière-grand-mère, une femme réellement exceptionnelle. Elle était arrivée au monde en se battant pour rester en vie. L'accoucheuse qui avait aidé sa mère à la mettre au monde lui avait dit qu'elle ne survivrait pas longtemps. Mais elle a survécu, et elle n'a pas cessé de se battre durant toute sa vie. Elle avait pris à la vie ce qu'elle lui avait refusé en venant au monde. Elle s'appelait Camille, prénom dont j'ai hérité. Camille avait été un beau bébé, ensuite une belle adolescente, et elle était devenue une très belle jeune fille. À quatorze ans elle était déjà formée, et sa féminité était très remarquée : elle était de taille moyenne, avec de longs cheveux noirs et épais, et une lourde poitrine. Lorsqu'elle allait au village, tous les hommes se retournaient. Sa mère avait eu plusieurs demandes en mariage, mais son père s'y opposait à chaque fois, jugeant qu'elle était trop jeune. Il ne voulait pas de n'importe quel homme pour sa fille qu'il chérissait plus que les autres. Il répondait à tous les prétendants : « Il n'y a qu'un prince qui l'épousera. » Car pour elle, il aurait décroché la lune. Elle travaillait dur avec lui dans les champs et ne rechignait jamais, contrairement à ses frères et ses sœurs. En cachette, le soir, la mère supérieure du couvent de la commune lui apprenait à lire. Son père lui avait fait promettre de s'élever dans la vie, de devenir une dame, et il lui assurait qu'elle avait toutes les qualités pour ne pas rester toute sa vie vêtue de guenilles. Elle avait juré à son père qu'elle gagnerait sa place au soleil. Sa famille était très pauvre, ils ne mangeaient pas toujours à leur faim, mais le père travaillait dur et faisait en sorte d'avoir toujours une marmite chaude à la maison. Parfois, après le travail aux champs, Camille aidait dans des fermes avoisinantes, et comme ces gens n'avaient pas d'argent, ils la payaient avec des œufs ou des pommes de terre. Issue d'une famille de six enfants, la mère était souvent alitée et malade. Camille s'occupait de toutes les tâches de la maison. Un jour, un grand malheur est arrivé : son père s'était endormi dans un des champs où il travaillait, un tracteur lui est passé dessus et lui a littéralement broyé les deux jambes. Il est mort de ses blessures. Sa mère était une femme faible, elle avait déjà perdu trois enfants morts de maladies infantiles. Lorsqu'elle s'est retrouvée seule, comme elle ne pouvait pas subvenir aux besoins de ses enfants, elle a demandé à Camille de s'occuper des autres. Camille était l'aînée, elle était solide comme un roc, et elle travaillait seize heures par jour pour désormais nourrir toute sa famille. Malheureusement, malgré tous ses efforts, elle ne parvenait plus à travailler à l'extérieur tout en s'occupant de sa mère ainsi que de ses frères et sœurs. La vie était très dure pour ces petites gens. Aussi, elle s'est résignée à confier ses deux frères et sa petite sœur à un orphelinat tenu par les sœurs de la commune. Quelque temps après, sa mère a été emportée par la tuberculose. Mais bien que démunie et seule, elle n'a jamais abandonné : elle continuait à se rendre à l'orphelinat pour rendre visite à ses frères et à sa sœur. La mère supérieure qui s'était pris d'affection pour elle en l'a voyant si courageuse, la soutenait comme elle le pouvait, et lui offrait quelquefois un repas chaud. Un jour, comme on n'avait pas revu Camille à l'orphelinat depuis quelque temps, la mère supérieure est allée chez elle : elle a découvert une petite masure dont le toit laissait passer la pluie ; la porte était soutenue par du fil de fer. Elle est entrée et a vu Camille couchée sur un vieux matelas humide : elle grelotait de froid et pleurait. La mère supérieure l'a prise dans ses bras et l'a ramenée au couvent. Camille lui a dit que le fermier qui l'employait n'avait pas pu la garder. C'est alors que la mère lui a appris qu'un monsieur recherchait une aide pour sa maison, et qu'elle la conduirait chez lui après un bon repas chaud, un bain et une bonne nuit de sommeil. Dès le lendemain matin, Madeleine, la mère supérieure, lui a remis un petit sac que Camille s'empressa d'ouvrir, elle découvre alors, un chemisier, une veille robe usée, élimée aux manches, mais elle était chaude, une veste en laine en guise de manteau et des chaussures à lacets, un peu trop grandes pour Camille, aussi elle a dû les bourrer de chiffons pour qu'elle ne les perde pas. Elles se sont rendues chez le propriétaire de La Grande Bastide – c'est comme ça qu'on appelait cette demeure. Il s'appelait René Desgranges, et était le dernier d'une famille de cinq enfants. Il recherchait une jeune fille pour aider aux travaux de la maison : l'employée qui y travaillait était devenue âgée et ne pouvait plus assumer ses nombreuses tâches. Ce monsieur était une personne importante dans le village, tout le monde le respectait. Il était propriétaire de plusieurs hectares de terre et de vignobles, sa femme était morte, emportée par le choléra, son fils unique était parti à la guerre et n'en était pas revenu. Il n'avait pas eu d'autres enfants. Aussi, pour sa descendance, il fallait qu'il se remarie. Par l'intermédiaire du curé, on lui avait présenté une jeune femme issue de la bourgeoisie bordelaise. Mais cette jeune femme était très menue, elle avait un appétit d'oiseau, elle était souvent malade, et elle ne pouvait pas lui donner d'enfants. Pauvre monsieur Desgranges, il n'avait pas eu de chance ! Lorsque la mère supérieure lui a présenté Camille, il a tout de suite été subjugué par sa beauté et l'a engagée immédiatement. Une petite pièce, près de la remise, lui avait été aménagée : elle n'était pas grande, mais Camille avait pu en faire une agréable pièce à vivre. Elle était enfin au chaud et mangeait à sa faim. Au fil du temps, elle a su devenir indispensable à monsieur Desgranges, et lorsque la vieille gouvernante est décédée, c'est dans la logique des choses que Camille a pris sa place.

Elle a pris en main la gestion de la maison où elle régnait comme la patronne. La fragile madame Desgranges ne sortait plus de sa chambre, et elle faisait désormais chambre à part avec son époux car celui-ci avait d'autres occupations le soir. Les rumeurs allaient bon train... Quelques années après, Camille gérait tout le domaine : son ascension avait été fulgurante. Il faut avouer que monsieur Desgranges, qui n'était pas insensible à sa beauté, ne sortait plus beaucoup et passait le plus clair de son temps dans son bureau, à la maison. Il occupait un poste de président dans une petite banque de Bordeaux. Camille était aux petits soins pour lui. Au village, on ne parlait que de ça : la petite paysanne avait bien su y faire et vendait ses charmes à ce pauvre monsieur qu'elle avait envoûté. On disait que chaque soir, Camille se glissait au nez et à la barbe de madame Desgranges dans le lit de son mari, et que cette dernière était tellement gentille qu'elle ne voyait pas le mal. Lorsqu'elle se rendait au village, les regards noirs en disaient long : Camille savait ce qu'on disait d'elle mais ne prenait pas ombrage de ces médisances. Bien au contraire, elle marchait doucement avec la tête haute et arborait un grand sourire. Les femmes étaient très jalouses ; quant aux hommes, ils étaient tous admiratifs et continuaient à la dévorer des yeux. Tout le monde savait ce qui se passait à La Bastide entre elle et lui, mais personne n'osait parler devant monsieur Desgranges. Camille savait bien que monsieur Desgranges ne l'épouserait jamais : comment l'aurait-il pu ? Elle était pauvre, de souche paysanne, et quarante années les séparaient. Aussi, elle avait trouvé une solution pour ne pas se retrouver un jour sur le pavé. Un matin, après plusieurs vomissements et des vertiges, elle dut se rendre à l'évidence : elle était enceinte. Elle n'en parla à personne, jusqu'au jour où son ventre a révélé son état. C'est alors que monsieur Desgranges lui a demandé de garder l'enfant : « Camille, je te prie de bien vouloir garder cet enfant. Tu sais je n'ai pas eu de descendance avec Mathilde, ma seconde femme. Si elle apprenait que c'est moi le père, ça la tuerait. Alors si tu veux bien, tu lui diras que le père de l'enfant était un saisonnier et qu'il est parti un jour sans se retourner. L'enfant grandira ici, je prendrai mes dispositions pour lui, ne t'inquiète pas, j'appellerai le notaire dès demain. Si tu es d'accord, regarde où se trouve ton intérêt. » C'est ainsi que monsieur Desgranges assurerait sa descendance, et Camille n'aurait plus à s'inquiéter des lendemains. « Je suis d'accord monsieur Desgranges, pour le bien de l'enfant et le mien. » Camille savait bien que les villageois allaient le lui faire payer, mais elle ne reculait devant rien car elle n'avait en tête que l'avenir de son enfant. Un matin, elle s'est rendue dans la chambre de madame Desgranges : « Madame Desgranges, je suis enceinte, et malheureusement je vais devoir élever cet enfant toute seule. En tant que maîtresse de maison, je vous respecte, et si cette situation vous dérange, je peux quitter votre domaine. » Madame Desgranges était au bord des larmes. Mais malgré sa fragilité, elle n'était pas sotte. Aussi a-t-elle répondu : « Camille, je sais que cet enfant est celui de mon mari. Voyez-vous, je n'assume ni mon rôle d'épouse ni mon rôle de mère. Mais je suis informée de ce qui se passe dans ma maison. Le soir, je ne dors pas toujours, et malgré tous les efforts que vous faites, je vous entends quitter la chambre de mon époux avant le petit jour. Mais j'aime profondément mon époux et il a une grande tendresse pour moi. Alors si vous le voulez bien, ce sera notre secret à toutes les deux : gardez cet enfant, qu'il soit élevé dans la maison, il ne manquera de rien et vous non plus. » Pour la première fois Camille se reprocha d'avoir agi ainsi, dans le dos ce cette femme qui montrait sa vraie nature : une grande dame, généreuse et aimante. À partir de là, elle ne monta plus les escaliers le soir pour rejoindre monsieur Desgranges. Ce dernier mit ça sur le compte de sa grossesse, mais après la naissance de Madeleine, ma future grand-mère, il l'a attendue de nouveau. Comme elle ne montait toujours pas, un jour, il le lui a reproché. C'est à ce moment-là, qu'en dépit de ce que lui avait demandé sa femme elle lui a révélé ce secret. Il était en larmes. Il est monté voir sa femme et l'a remerciée pour sa délicatesse. Elle, elle était très heureuse de voir son époux s'occuper de la petite Madeleine. Quelques mois après, on déplorait la perte de madame Desgranges. Elle était partie comme elle était venue, sans faire de bruit, laissant la place à Camille qui avait regagné la couche de monsieur Desgranges. En privé, Camille prenait des cours de finance pour en comprendre les rouages. Elle les payait avec ses gages. Comme elle était nourrie et logée, elle ne dépensait rien. Elle épargnait son argent qu'elle déposait sur un compte qu'elle avait ouvert à Bordeaux, sans ne rien dire à personne. Deux années après la mort de sa femme, monsieur Desgranges s'est éteint lui aussi. Camille fut bouleversée : elle tenait à cet homme, malgré tout, alors que les villageois l'avaient jugée et condamnée, et elle l'avait aimé, à sa manière. C'était un homme d'une grande bonté. Le jour de l'ouverture du testament, elle s'est retrouvée toute seule dans le cabinet du notaire. Quelle n'a pas été sa surprise d'apprendre qu'il avait tout légué à Madeleine, sa fille non reconnue ! Elle portait le nom de famille de sa mère, Meunier, et elle se retrouvait à la tête d'une grosse fortune. C'est ainsi que du rang de paysanne, Camille s'était propulsée par la force des choses dans les hautes sphères de la bourgeoisie bordelaise. Mais financièrement seulement, car aucun notable de la ville ne lui adressait la parole : la rumeur avait fait son chemin, causant plus de tort que de bien ; lorsqu'on prêtait l'oreille, on pouvait entendre qu'elle avait séduit un vieux fou, qu'elle s'était débarrassée de sa femme, qu'elle aurait même empoisonné cette pauvre madame Desgranges, que cette opportuniste avait bien et vite appris. Le régisseur qui était en charge des vignobles n'était autre que mon arrière-grand-père, Pierre. Vingt ans les séparaient. Ils se sont mariés cinq ans après la mort de ce pauvre monsieur Desgranges. Camille avait pu reprendre en charge ses deux frères et sa sœur. Elle a appris plus tard la mort de ses frères morts durant la guerre. Quant à sa petite sœur, elle est morte de tuberculose, comme sa mère. De cette union avec Pierre, aucun enfant n'a pu être porté par Camille : elle avait subi deux fausses couches, suivies d'une grosse fatigue. Un jour, alors qu'elle était assise, elle est tombée. À l'hôpital où elle avait été transportée, on lui a découvert une malformation du cœur. Le cardiologue lui a recommandé de se reposer et de ne porter aucune charge. En fait, son cœur s'affaiblissait. Sortie de l'hôpital, Camille avait déjà oublié ces recommandations. Quant à mon arrière-grand-père, c'était un homme costaud qui aimait la chair et ne s'en cachait pas. Il suivait des yeux chaque jupon qui passait, et dès qu'il le pouvait il trompait Camille sans aucune vergogne avec toutes les saisonnières, si bien qu'elle devait les payer pour qu'elles ne parlent pas. Mais elle n'en pouvait plus de faire semblant : c'était un petit village, les gens parlaient de plus en plus, et elle ne pouvait plus fermer les yeux, elle devait prendre une décision. Cette fois, le destin a bien fait les choses. Un jour, une jeune saisonnière a demandé à la voir. Camille l'a reçue dans le couloir. Cette jeune fille était enceinte, et inutile de dire que Camille avait compris que le père de cet enfant n'était autre que son mari. « Excusez-moi madame, mais votre mari a abusé de moi. Je n'ai rien dit car j'avais peur de l'avouer à mon père. Votre mari m'a même violentée. Je ne sais pas quoi faire, c'est ma mère qui m'a poussée à venir vous voir. » Camille lui a apporté un verre d'eau et lui a dit : « Je vais t'apprendre quelque chose : ce domaine appartient à mon unique fille, Madeleine, et mon époux n'a pas le sou. Alors je te propose une grosse somme d'argent pour quitter le domaine. Je fais confiance à ta mère pour inventer une histoire à raconter à ton père. Crois-moi, avec cette somme d'argent, vous serez à l'abri, toi et ton petit. » La jeune fille la remercia et accepta l'argent. La nuit était tombée et Pierre n'était toujours pas rentré. Camille s'était assoupie sur la chaise devant l'entrée, lorsqu'elle a été réveillée par un bruit derrière la porte. Elle s'est levée et a ouvert la porte : son mari se tenait tant bien que mal devant elle. Il avait beaucoup bu. Il a voulu prendre Camille de force, elle l'a repoussé, puis est montée s'enfermer dans sa chambre avec sa fille. Le lendemain, elle lui a préparé son sac et lui a demandé de quitter définitivement le domaine. Pierre a nié, prétendant que c'était cette garce qui racontait des mensonges, mais Camille lui dit : « J'ai fermé les yeux chaque fois qu'une de ces jeunes nigaudes couchait avec toi, de gré ou de force, mais cette fois-ci je ne te le pardonnerai pas car elle porte ton enfant. Je ne peux pas l'accepter. Voici une enveloppe contenant de l'argent, je te demande de partir. Tu connais mon secret concernant Madeleine : aussi, si un jour tu t'avisais de parler, j'ai là le récit écrit de cette jeune fille âgée de seize ans dont tu as obtenu les faveurs par contrainte, ne l'oublie jamais. » Pierre est parti et plus personne n'a jamais plus entendu parler de lui. Le jour de cette altercation, Madeleine était derrière la porte du salon. Elle avait tout entendu, mais elle n'en a jamais parlé à sa mère. Après le départ de Pierre, Camille s'est vêtue de noir, et aucun autre homme ne s'est installé dans la maison. Camille a enseigné à Madeleine tout ce que son mari lui avait appris sur la vigne, et c'est avec le second de ce dernier, un dénommé Jules, l'oncle de Jean, qu'elle a achevé cet enseignement. Elle avait également reçu une instruction très coûteuse dans les meilleures écoles et elle en était ravie, mais comme sa mère elle aimait la vigne, une passion qui lui avait été transmise, Camille emmenait sa fille régulièrement avec elle dans les foires, les expositions et autre manifestations viticoles. Un jour, lors d'une foire des vins, elle a fait la connaissance de Mathias, mon futur grand-père. Il faut savoir, François, que dans notre famille ce sont les femmes qui ont été les plus déterminées dans leur travail ; les hommes ont été des compagnons qui n'avaient aucunement l'envergure de leur épouse, soit en raison de leur caractère, soit à cause de la forte personnalité de ces femmes que l'on pourrait appeler des amazones. Mais je pense que je ne t'apprends rien, tu as dû très vite le constater avec Marie. Il y a eu des regards et des sourires, désormais, nous partagions une complicité, nous étions devenus très proches même si nous gardions une certaine distance, par crainte ou par pudeur. Il nous arrivait de passer des heures à parler d'œuvres littéraires ou cinématographiques. C'était un passionné de cinéma et je l'étais aussi. Il me racontait les scènes de certains tournages de films, à croire qu'il y avait assisté, il ne tarissait pas d'anecdotes sur les artistes sur les différents plateaux de cinéma, sans compter ses histoires personnelles vécues dans tous ces pays où il avait séjourné. »

Le temps a passé tellement vite ces dernières semaines ! Nous nous approchions des fêtes de Noël, nous étions exactement le 22 décembre. Nous préparions notre réveillon, mais cette année, il n'y aurait que nous quatre : François, Jean, sa femme et moi. J'ai demandé à Jean de se charger du sapin, comme d'habitude. Blanche faisait sa liste de courses pendant que je m'occupais de sortir des cartons les décorations de Noël, quand le téléphone a sonné. J'ai décroché, c'était Mireille : « Bonjour Camille, je dois t'annoncer une nouvelle : je suis enceinte d'un petit garçon. » « C'est super Mireille ! Je suis vraiment heureuse, et ça ne pouvait pas tomber mieux ! C'est un magnifique cadeau que tu nous fais pour Noël ! Écoute, ça me donne une idée : si vous veniez réveillonner à la maison ? Tu pourrais aussi inviter ta mère, je suis sûre qu'elle serait heureuse. Romain m'a dit qu'elle ne souhaitait pas partir dans sa famille. » « Tu es sûre ? Tu ne veux pas plutôt le passer avec François, tranquillement ? » « Non, pas du tout. Je suis sûre qu'il sera heureux d'avoir Marianne pour Noël. » « C'est d'accord, je vais appeler ma mère. Je te remercie, je t'embrasse. » En raccrochant, j'étais heureuse, car la maman de Mireille vivait toute seule depuis plusieurs années. Auparavant, elle se rendait chez sa sœur aînée pour le réveillon de Noël : elles étaient inséparables, jusqu'au déménagement de cette dernière. En vieillissant, la maman de Mireille se déplaçait de moins en moins. Elle avait également fermé son atelier de confection, et elle ne travaillait plus que chez elle, pour des amis uniquement. Sa vue avait baissé et ses mains n'étaient plus sûres. Aussi, elle passait le plus clair de son temps à s'occuper de Marianne. Quant aux parents de Romain, ils vivaient désormais chez leur fille aînée, à 120 kilomètres de notre commune. Ils réveillonnaient avec leur fille, leur gendre et leurs petits-enfants. Chaque année, Romain et Mireille leur rendaient visite le jour de Noël. Ce soir-là nous avons eu une pensée pour Marie. Blanche avait préparé un succulent repas, comme à l'accoutumée. François racontait des contes à Marianne qui le regardait avec de grands yeux, Romain caressait le ventre de Mireille, Jean aidait dans la cuisine, et moi, l'image de Paul me hantait : il me manquait beaucoup, même si je m'interdisais d'y penser.

La veille du nouvel an, Jean est tombé gravement malade : il avait eu une bronchite qui s'était aggravée. Blanche a eu très peur, et je dois dire que même si je ne l'ai pas montré, j'ai eu très peur aussi. Il a fini par se rétablir, mais cela a pris plusieurs semaines. Ensuite, il n'a jamais plus été le même, ça l'avait complètement démoli. J'ai alors découvert un monsieur âgé et légèrement voûté par le travail des vignes : j'ai réalisé tout simplement que Jean avait vieilli. Je suis allée le trouver et je lui ai demandé de penser à passer la main à son second, Firmin, le jeune homme qu'il formait depuis quelques années et dont il était fier. « Il est temps pour toi de te reposer. Alors tu vas me faire le plaisir de lever le pied et de profiter de Blanche. » Il n'a pas voulu, mais m'a promis de faire un effort pour Blanche. Je connaissais sa réponse avant même qu'il me la donne, Blanche était près de moi et me souriait. Elle aussi connaissait son mari, elle savait qu'il répondrait de cette façon-là. Après le décès de Marie et mon départ à Paris, ils s'étaient installés dans le petit pavillon près du chai, qui servait de blanchisserie à l'époque. Leur fille vivait près de sa tante dans le Vercors, et malheureusement ils ne se voyaient pas beaucoup : elle s'était mariée avec un militaire de carrière et avait quitté la région. Blanche n'avait pas pu avoir d'autres enfants, mais je dois reconnaître qu'ils s'aimaient profondément : ils s'étaient toujours soutenus mutuellement, et ils n'ont jamais cessé de s'aimer. Quant à François, il passait quelquefois des journées à vomir. Son traitement était rude. Certains jours, il ne bougeait pas de sa chambre. D'autres jours, il se promenait le long des vignes, il se rendait jusqu'au chai avec Jean, ou lisait dans la cuisine près de la cheminée. Il lui arrivait même d'éplucher les légumes avec Blanche. L'air de La Bastide lui avait réussi, et je crois bien qu'il était très heureux d'être là.

Je sortais de La Bastide de moins en moins. Parfois, en compagnie de Mireille, nous nous promenions au centre de Bordeaux. Il nous arrivait d'emmener Marianne avec nous. Romain subvenant largement aux besoins de sa famille, Mireille avait définitivement abandonné son métier d'infirmière et s'occupait de sa petite fille en attendant son second enfant. Un jour, alors que nous étions à Bordeaux, Mireille a eu une envie de crêpes. Nous nous sommes donc rendues dans un petit salon de thé que nous affectionnions toutes les deux : toutes les pâtisseries étaient faites maison. Marianne était avec nous, et elle était ravie ! Nous étions en train de déguster ces fameuses crêpes, lorsque Paul est entré dans le salon en compagnie de Rose. Je suis restée sans voix. J'ai tenté de me lever pour aller me cacher aux toilettes, mais il m'a vue et il s'est dirigé vers moi. Je n'arrivais pas à me maîtriser, je sentais que mes joues rougissaient. Il s'est penché vers moi pour m'embrasser. Mon cœur battait si fort que j'ai cru que j'allais m'évanouir. J'ai senti l'odeur de sa peau, que je connaissais si bien… J'étais bouleversée. « Bonjour Camille, je suis heureux de te voir. J'espère que tout va bien à La Bastide. Comment vont Blanche et Jean ? » « Je suis heureuse de te voir également. Je te remercie, Blanche et Jean se portent à merveille. » « J'ai appris que François vivait à La Bastide. Et son traitement, pas trop lourd ? En tous cas, si jamais tu avais besoin de quoi que ce soit, tu as mon numéro, appelle-moi. » Merci. Pour François, en effet, son traitement est lourd, il y a de bons et de mauvais jours, mais c'est gentil de me proposer ton aide. » Rose s'était installée à une table près de la porte, elle me regardait fixement, et c'est là que j'ai dit : « Tu as une mine resplendissante, ça a l'air d'aller. Rose est tout simplement ravissante. » « Je te remercie pour elle. » Puis il s'est tourné vers Mireille : « On m'a dit que Romain agrandissait son cabinet médical ? » Mireille répondit d'une petite voix, comme si elle redoutait quelque chose : « Oui, c'est ça. Il a repris, comme tu le sais, l'ancien cabinet du médecin de la commune, et le nombre de patients a considérablement augmenté. Du coup il a agrandi et pris une secrétaire. » « Transmets-lui mon bonjour. » « Je n'y manquerai pas. » « Et cette belle jeune fille, c'est Marianne ? Tu ne me reconnais donc pas ? » Marianne le fixait, et puis tout à coup elle s'est exclamé : « Ah oui ! Je t'avais déjà vu dans la maison de Camille ! » Il lui a fait une caresse sur la joue. Et allez savoir pourquoi, j'ai lancé : « Tes parents doivent être ravis de te revoir avec Rose ! » C'est à ce moment très précis que le couperet est tombé : « Rose est devenue ma femme, Camille, et on attend notre premier enfant. » Mes jambes se sont mises à trembler sous la table. Mireille m'a donné un coup de pied pour me faire arrêter. « Je suis très très heureuse pour vous deux… » – un seul « très » aurait largement suffi. La situation devenait gênante pour tout le monde. Soudain Mireille s'est levée et a dit : « Excuse-nous Paul, mais nous devons rentrer, nous avons des choses à faire. » Je me suis précipitée vers la porte, mais avant de sortir, je n'ai pas pu m'empêcher de jeter un coup d'œil en direction de Rose : la bague que j'avais portée jadis était à son doigt… Je me suis sentie trahie. Mireille m'a retrouvée un peu plus loin, en pleurs devant une vitrine. J'avais froid. Nous avons alors décidé de rentrer.

Il y a eu un long silence, entre Bordeaux et Saint-Vincent-de-Pertignas. Après avoir déposé Mireille et Marianne, je suis rentrée à La Bastide. En voyant ma tête, François a compris que j'avais pleuré. Il a tenté de me parler, mais je suis montée dans ma chambre. Une fois sur mon lit, j'ai crié à m'en faire éclater les cordes vocales. Ce soir-là, je ne suis pas descendue dîner : je me suis couchée, puis endormie.

Le matin, réveil à l'aube. Je me suis rendue au cimetière et je me suis assise près du caveau. M'adressant à Marie, je lui ai dit que j'avais quitté Paul mais que je continuais à l'aimer, et que je ne comprenais pas ce que j'avais fait. Peut-être avais-je fait le mauvais choix... Je lui en voulais de ne pas me répondre. Et puis j'ai senti une présence derrière moi : c'était Jean, mon tendre Jean. Il s'est assis près de moi, j'ai posé la tête sur son épaule. « Je me sens si seule Jean ! J'ai fait une bêtise, j'aurais dû épouser Paul. » « Camille, tu sais bien que non, tu as fait le bon choix, alors arrête de te torturer ! Tu ne pensais tout de même pas qu'il resterait célibataire. Il n'a pas traîné, je te l'accorde, mais c'est bien toi qui as rompu. Et si tu l'as fait, c'est parce tu aimes encore plus ta liberté. Allez, rentrons ! Blanche va nous préparer un bon petit-déjeuner. »

Ce matin-là, j'avais décidé de parler à François, sauf que je me demandais comment m'y prendre... Et s'il allait mal réagir ? Nous étions au mois de mars, et ses forces le lâchaient. Je ne savais pas comment réagir, si seulement Marie avait été là, je suis sûre qu'il se serait accroché à leur amour. C'est alors que j'ai pensé à organiser une fête à La Bastide, à l'occasion de Pâques. Je pourrais inviter toutes nos connaissances, et nous pourrions ainsi tous passer le week-end ensemble. J'ai appelé Mireille, évidemment elle a tout de suite accepté. Nous avons dressé la liste de ce qu'il nous faudrait commander : un beau gigot d'agneau chez notre boucher, des petits fromages de chèvre à la ferme de Moriac ; quant au gâteau, je faisais entièrement confiance à Blanche pour nous préparer un dessert digne de ce nom.

Pour cette occasion, nous avions décoré la tonnelle avec des lampions de toutes les couleurs, même si l'air demeurait frais, un beau soleil était prévu si la météo ne se trompait pas. Pour ma part, je guérissais doucement du mariage de Paul. En fin de matinée, je suis partie à Bordeaux seule, afin de trouver un déguisement de lapin pour Marianne. Je regardais une vitrine, lorsque, est apparue une silhouette sur le trottoir d'en face, une silhouette que je connaissais parfaitement : c'était Paul, immobile, il me regardait. Je me suis retournée. « Décidément... Bonjour, tu fais des courses ? » « Pas du tout ! J'étais assis au café quand je t'ai vue passer. Je dois t'avouer que je t'ai suivie. As-tu le temps de prendre un café, Camille ? » « Oui, bien sûr. » Nous nous sommes assis et là, il m'a fait une jolie déclaration : « Tu sais, je ne devrais pas te dire ça, et je te demande de ne pas me juger trop sévèrement : j'ai épousé Rose, mais c'est toi que j'aime et que j'aimerai toute ma vie. Rose, c'est autre chose : elle est présente pour moi, nous avions beaucoup de points en commun, et pour finir nos parents se réjouissaient de cette union. Mais je n'ai pas oublié nos nuits d'amour, et crois-moi, tu seras toujours dans mon cœur. » Il m'a pris la main et l'a caressée comme il le faisait si souvent autrefois. Nous sommes restés à parler un long moment. Puis comme pris par un désir intense, un besoin vital, nous nous sommes retrouvés dans un petit hôtel et nous avons passé tout l'après-midi à faire l'amour. J'étais complètement soumise, je n'avais plus envie de le quitter. Mais l'image de Rose s'est de nouveau imposée : le rôle de maîtresse n'était pas fait pour moi. Aussi, profitant de ce que Paul s'était assoupi, je me suis glissée hors du lit, je me suis rhabillée doucement, et j'ai laissé un petit mot sur le lit : « Mon amour, moi aussi je t'aime et t'aimerai toute ma vie. Ce que nous venons de faire est mal, et pourtant je ne le regrette pas. Paul, si nous devons nous rencontrer à nouveau, passe ton chemin car je n'aurai plus la force te quitter. Ta Camille à jamais. »

Je suis rentrée à La Bastide. Blanche préparait le dîner pour recevoir tous nos invités. Tout était parfait, ce dimanche Pascal restera gravé dans ma mémoire : François avait la forme et j'étais heureuse. Nous avons passé une excellente journée. Tout le monde est parti se coucher à 23 h, sauf Mireille qui, comme d'habitude, avait remarqué un changement en moi. Elle est venue me rejoindre sous la tonnelle : « Alors, raconte ! Qu'est ce qui t'arrive ? Tu as rencontré quelqu'un ? » Je me suis mise à rire : « Personne, pas âme qui vive ! » Elle a un peu insisté, et je lui ai tout déballé : « Mireille, si tu savais comme je l'aime, et il m'a renouvelé son amour ! Comme j'ai dû le faire souffrir, je m'en rends compte que maintenant ! » « Camille, ton amour s'est bien marié et son épouse attend un enfant, donc il faut l'oublier. » « Bien sûr, je sais… De toute façon, même si je devais le revoir, je ne retomberais pas dans ses bras. Mais vois-tu, Paul est en moi et c'est très difficile de me maîtriser lorsqu'il est près de moi, je perds tous mes moyens. Mais ça, tu le sais aussi bien que moi. » « Camille, je t'envie pour ce que vous ressentez l'un pour l'autre, encore aujourd'hui. Et c'est incroyable que votre amour soit resté intact ! » « Tu as raison… » « Bon, je crois que je vais monter me coucher, je te laisse. À demain ! » Je suis montée dans ma chambre et je me suis endormie avec les images de nos ébats. J'ai passé une merveilleuse nuit.

À l'aube, c'est une quinte de toux de François qui m'a réveillée. Je suis entrée dans sa chambre, il était dans la salle de bain. J'ai vu du sang sur le lavabo et sur la serviette. Il a refermé la porte. Très inquiète, j'ai frappé à la porte de la chambre d'invités pour réveiller Romain. Quelques minutes après, il était dans la salle de bains avec François. Lorsqu'il en est ressorti, il m'a déclaré : « Dès lundi, appelle le cancérologue qui le suit à Bordeaux car il faut absolument qu'il le voie » « Romain, surtout ne lui dis rien, je le ferai dans la journée. »

Toute la journée, j'ai tenté de parler à François de son état, mais j'étais trop triste de lui dire ce que Romain préconisait, il m'a fallu boire quelques verres pour me donner le courage qui me manquait. Après le dîner, je l'ai rejoint dans la bibliothèque, il avait la photo de Marie dans ses mains, j'ai pénétré dans la pièce et du coup je me suis dit que c'était peut-être le moment pour tout lui révéler, lorsqu'il m'a vu, il m'a souri et là bien sûr, je n'ai pas pu : j'avais trop peur, peur de l'effrayer, peur de lui révéler un secret qui lui ferait du mal… Je ne savais pas quoi faire. Dans l'après-midi, Jean m'a conseillé de ne rien dire et de le laisser partir tranquillement, mais je voulais qu'il sache qu'il avait eu une petite fille avec cette femme qui l'avait tant aimé. Je me suis assise sur l'accoudoir du fauteuil, je lui ai pris la main et je l'ai embrassé, ses yeux me regardaient tendrement : « Tu devrais aller te coucher, tu étais déjà dans les bras de Morphée. » « J'y vais de ce pas, bonsoir Camille. » « Bonne nuit François ! »

Cette nuit-là, je suis restée éveillée, je ne parvenais pas à trouver le sommeil. C'est alors que je suis descendue dans la cuisine pour grignoter quelque chose. J'ai entendu une forte toux, j'ai accouru dans la chambre de François. Il s'étouffait dans son sang. Je tremblais mais j'ai réussi à mettre un second oreiller pour surélever sa tête, ensuite j'ai couru dans le pavillon de Jean en hurlant. Lorsque nous sommes arrivés, François a libéré un jet de sang. Je l'ai pris dans mes bras, je l'ai embrassé, et il s'est éteint. Tout s'est passé si vite. J'avais ma tête sur la sienne, « Dors mon papa, dors, il y a Marie qui t'attend. Je t'aime mon papa. » Mes yeux se sont remplis de larmes et je me suis allongée près de lui. Je ne voulais plus bouger, je suis restée près de lui jusqu'au matin.

Le jour de l'enterrement, nous n'étions pas nombreux, mais toutes les quelques personnes présentes qui l'avaient rencontré l'avaient aussi beaucoup apprécié. On écoutait le curé faire son sermon : « Un homme qui avait renoncé à sa vie personnelle pour aider son prochain... » J'observais ces gens autour du cercueil, mes yeux étaient embués, de toute façon, je n'écoutais plus rien la seule chose qui me faisait peur, c'est qu'en rentrant je ne le reverrai plus. Il me manquait déjà ! Tous ces moments tragiques de ma vie m'avaient rendue si triste... Je n'étais plus la jeune fille rieuse et légère d'autrefois, j'étais devenue une jeune femme marquée par la vie. Paul avait envoyé une carte et une gerbe de fleurs. Il était préférable qu'il ne vienne pas, je me serais jetée dans ses bras.

Deux jours après l'enterrement, maître Clerc a pris contact avec moi. Je ne parvenais pas y croire : comment avait-il rencontré François ? J'ai fini par le savoir. Lorsque je suis entrée dans son bureau, il m'a présenté ses condoléances et m'a dit avoir reçu François, quelques semaines après son arrivée à La Bastide : « Camille, je n'ai malheureusement pas connu cet homme plus intimement, mais lorsque je l'ai reçu, j'ai pu voir son combat contre la maladie : c'était un homme d'un grand courage ! » Ça, je le savais déjà. « Camille, je vais te lire le testament de François. N'ayant pas eu d'enfants, c'est à toi qu'il a laissé ses biens : tu deviens la propriétaire d'un appartement de 120 m^2 dans lc 15e arrondissement de Paris, appartement qu'il avait hérité de ses parents. Je te remets le jeu de clés qu'il m'a laissé. Tu as également hérité de titres qui représentent une belle somme d'argent. Si tu souhaites vendre ou louer l'appartement, je pourrai, bien entendu, m'en occuper. » « Merci maître Clerc, je vous tiendrai au courant. » Sur le trajet qui me ramenait à

La Bastide, j'ai senti une grande détresse en moi. J'étais inconsolable, il fallait que je fasse quelque chose… Mais quoi ? Je n'en savais rien. C'est alors que ma petite lumière s'est allumée dans ma tête : il fallait tout d'abord que je parle à Jean : « Tu sais Jean, j'ai besoin de partir quelque temps à Paris. Je vais m'installer chez François. J'ai très envie de redonner un sens à ma vie, de tourner définitivement une page. Tu comprends, je n'y arrive plus, La Bastide me ramène constamment à des moments violents, à des moments de profonde tristesse, alors que j'y ai vécu des moments heureux. Je crains fort de ne plus trouver la force, il faut que je respire un air pur, tu comprends ? » « Oui, je m'en doutais un peu. » « Écoute Jean, je vous confie La Bastide, à toi et à Blanche. Je vais également demander à Mireille et à Romain de s'installer ici avec Marianne : je sais que ce sera bien pour La Bastide, j'ai une telle confiance en eux ! Et puis cela vous permettrait, à Blanche et à toi, d'avoir des enfants dans la maison. » J'ai appelé Mireille avec Romain qui sont arrivés le soir même : « Je vais repartir à Paris quelque temps. Je confie La Bastide à Jean, et je voudrais que vous vous y installiez durant mon absence, cela me rassurerait. » Ils ont accepté ma proposition. Ainsi, je pouvais partir tranquillement. Certes, La Bastide me manquerait, mais je me sentais démunie de tout, je n'avais plus goût à rien, je ne pouvais plus rien lui apporter… Le temps était venu pour moi, une nouvelle fois, de m'éloigner, de me retrouver loin d'ici, afin de mieux revenir.

Georges était ravi de me revoir. Il m'a proposé de reprendre ma chronique, mais je voulais passer à autre chose afin de conserver une liberté totale. Je lui ai donc demandé de me laisser un peu de temps pour y réfléchir. Puis je me suis rendue à l'appartement de François. Lorsque je suis arrivée, j'ai découvert une ancienne maison de maître. La porte n'était pas complètement fermée, une petite cale la maintenait ouverte, mais elle était lourde. Je l'ai poussée de toutes mes forces. Une fois entrée, j'ai découvert une petite cour intérieure : il y avait des plantes partout. C'était incroyable de voir autant de verdure à quelques mètres du bitume ! Un homme est entré et a refermé la porte en ôtant la petite cale : c'était le concierge. « Bonjour madame, puis-je vous aider ? » Je me suis présentée. Il a été très triste d'apprendre la mort de François et m'a présenté ses condoléances. Je suis montée au quatrième étage. Il était desservi par un ascenseur mais j'ai préféré emprunter l'escalier en bois. Lorsque j'ai ouvert la porte, j'ai découvert une foule d'objets : certains provenaient d'Afrique, d'autres d'Asie, un véritable musée ! Il y avait aussi une bibliothèque avec de vieux livres. Le plus spectaculaire était la terrasse. J'ai ouvert la porte-fenêtre : elle devait faire une trentaine de mètres carrés, et donnait sur une superbe vue. J'étais époustouflée. La cuisine était composée d'une table en bois et de quatre chaises, et je me suis rappelé la comparaison faite par François concernant notre cuisine. La sienne, certes, était beaucoup plus petite – elle devait faire 10 m^2 –, mais était fonctionnelle. J'ai rebranché le réfrigérateur, et je me suis rendue dans la chambre principale où se trouvait un vieux lit. Je me suis assise dessus et, bien sûr, enfoncée. Je me suis dit que le matelas devait dater du siècle dernier ! À côté du lit, il y avait une commode ancienne sur laquelle était posé un petit chevalet supportant un cadre avec une très belle photo, celle d'un homme et d'une femme : la ressemblance était frappante, sans aucun doute s'agissait-il de ses parents. Au dessus de la commode, accrochée à un mur, une photo en noir et blanc : c'était François, tenant dans ses bras une jeune fille. En me rapprochant un peu plus, j'ai reconnu ma mère, Marie. Elle était si jeune ! Cette photo était la preuve que Marie avait beaucoup comptée pour François. Elle était belle, comme figée dans le temps. Ça m'a fait penser à Paul et à moi... J'ai ouvert les tiroirs, il n'y avait pas grand-chose : quelques polos, des chaussettes et des caleçons longs. Quant à l'armoire, quelques cintres vides, deux vieux pulls, une veste, un vieux cardigan et un blouson en cuir de couleur marron. Pour finir, dans le vestibule, une commode à chaussures ne contenait que des chaussures de montagne et des baskets. Décidemment, François n'avait pas grand-chose à lui ! Il s'habillait sobrement et vivait dans la simplicité, ce qui résumait son parcours. J'ai contacté l'association Emmaüs pour leur donner les vêtements de François, mais j'ai conservé le vieux blouson en cuir, celui-là même qu'il portait sur la photo avec Marie. Le vieux matelas est parti aussi. J'ai dû en acheter un autre, faire le plein de provisions, le ménage, arroser les plantes sur la terrasse, et voilà, j'étais chez moi, et j'y étais bien.

Quelques jours après, j'ai appelé Georges et nous sommes convenus de nous retrouver dans le petit café près du journal. Quand je suis arrivée, il prenait un café avec des croissants, ces fameux petits croissants dont le goût était unique. « Bonjour Georges ! Voilà, j'ai bien réfléchi, et je serais ravie de retravailler avec vous. Seriez-vous intéressé par une chronique mensuelle qui parlerait de la fondation de Médecins du Monde ? Dans un premier numéro on pourrait résumer ce qu'est la fondation depuis sa création, ensuite j'écrirais un article mensuel que vous publieriez annexé à votre premier hebdomadaire du mois. » Il me regardait tout en trempant son croissant dans son café, laissant tomber des gouttes sur ses moustaches. « Je trouve cette idée géniale ! Je pense que c'est le moment de donner du courage à plein de gens qui en manquent et qui ont besoin de voir des héros hors du commun, des héros qui sont souvent oubliés. Ca-mille, je trouve cette idée remarquable, c'est O.K, on la lance ! » J'étais heureuse de pouvoir rendre hommage à mon père à travers ces articles, et cela m'a donné envie de revoir une personne sans qui rien de tout ça ne serait arrivé : c'était évidemment Yvonne Renard. Aussi, je me suis rendue au service de cancérologie de l'hôpital de la Pitié-Salpêtrière. Je ne reconnaissais plus ce service, il y avait eu des change-ments. Lorsque je suis arrivée au bureau des infirmières, je l'ai demandée, et là on m'a appris qu'elle était décédée. En s'adressant à moi, la chef de ce service avait les larmes aux yeux : « Elle est morte il y a quelques mois, nous l'avons tous pleurée. Comme vous devez le savoir, c'était une femme qui se dévouait corps et âme pour les personnes en phase terminale. » « Excusez-moi, pouvez-vous m'indiquer la date de sa mort ? » Elle était morte dix jours après le décès de François : cela paraissait impensable... « Et de quoi est-elle morte ? » « Un soir qu'elle rentrait chez elle, elle a été percutée par un chauffard. » « Décidément, je ne comprendrai jamais pour quelle raison des personnes aussi dévouées sont appelées à disparaître, foudroyées ! Je suis anéantie. Savez-vous si elle avait de la famille ? » « Oui, une nièce. D'ailleurs, elle a hérité de son appartement. Rendez-vous compte mademoiselle, cette nièce n'avait jamais contacté sa tante de son vivant ! Elle et Yvonne auraient pu se connaître, mais elle n'avait jamais su qu'elle avait une nièce : une histoire d'héritage avait séparé les deux sœurs après la mort de leurs parents. » J'ai pris congé et j'ai repensé au soir où Yvonne m'avait invitée à dormir chez elle. Je me souvenais d'avoir vu dans la chambre d'amis deux cadres posés sur une commode : l'un deux était une photo de son fils, et l'autre représentait Yvonne adossée à une jeune fille. Aujourd'hui, je savais que c'était sa sœur. Je ne m'étais pas immiscée dans la vie d'Yvonne – il est vrai que je ne lui avais posé aucune question, peut-être à tort. Décidemment, les héritages, quels qu'ils soient, brouillaient des familles entières et semaient la haine. Cela m'a fait penser à mon arrière-grand-mère : Marie m'avait brossé un portrait d'elle assez réaliste, et elle m'avait affirmé que Camille avait eu recours à des comportements malhonnêtes pour arriver à sortir de sa crasse. Elle n'avait pas jugé utile de me donner tous les détails. Pourtant, elle tenait de sa mère une tout autre version. Madeleine était jeune, mais elle avait assisté à cette transformation : sa mère était devenue une riche propriétaire et nul ne s'aventurait à colporter des horreurs sur une femme aussi exceptionnelle. Madeleine préférait donc occulter une certaine réalité qui aurait pu nuire à la réputation de Camille.

Personnellement, je pouvais aisément imaginer ce qui s'était réellement passé… En tout cas, c'était bien la preuve que l'argent est l'objet de toutes les convoitises. Était-ce une explication du bonheur de mes amis, une des raisons qui faisait que Mireille et Romain avaient des liens aussi forts dans leur famille, qu'ils éprouvaient tous de l'amour les uns pour les autres, qu'ils restaient toujours unis et se serraient les coudes dans les moments les plus difficiles ? Je faisais le même constat pour Blanche et Jean. C'était drôle, je ne m'étais jamais autant posé de questions… Le départ des êtres que l'on a aimés apporte souvent tout un lot d'interrogations et peu de réponses.

Le premier numéro consacré à Médecins du Monde a été un succès. Bien sûr, il était beaucoup question de François, et je n'avais pu m'empêcher d'écrire quelques lignes sur Yvonne en racontant la maladie de François. Je remerciais ainsi Yvonne pour le cadeau qu'elle m'avait fait en contactant le journal. Tous les mois, j'écrivais des articles sur cette fondation, et j'en étais assez fière : en faisant mieux connaître Médecins du Monde à travers ces publications, j'avais l'impression d'accomplir quelque chose de bien. Le journal a reçu des milliers de lettres, notamment lorsque j'ai informé les lecteurs qu'ils pouvaient à tout moment rencontrer certains de ces médecins retraités. C'est là que j'ai eu l'idée de faire un reportage télévisé qui donnerait la parole à ces médecins. Avec l'aide d'une chaîne de télévision, nous avons réalisé un reportage qui a été regardé par des millions de téléspectateurs. J'étais très satisfaite, et l'heure de refermer la boîte en fer-blanc était venue…

J'allais pouvoir profiter quelque temps de Paris. J'ai pris congé de Georges. J'ai su quelques mois après qu'il avait fini par prendre sa retraite. Son journal avait été repris par Louis, son rédacteur, et quelques employés avaient mis la main à la poche pour garder en vie ce journal et en devenir actionnaires. Deux ans après sa retraite, Georges s'est éteint à son tour. Malgré la reprise de son journal, ce dernier n'avait pas survécu à la concurrence : c'est ainsi que disparaissait définitivement *L'Hebdomadaire* ; toute une époque mourait.

L'appartement de François était très agréable et j'ai fini par me laisser happer par la vie parisienne. J'ai ainsi passé six années à Paris. Du reste, même si j'avais un peu honte de me l'avouer, j'étais heureuse de pouvoir flâner et vivre ainsi sans me préoccuper de l'aspect pécuniaire, grâce à mon arrière-grand-mère, et bien sûr à mes grands-parents et à Marie. J'étais à l'abri du besoin, ce qui ne m'empêchait pas de rester à l'écoute des gens qui avaient eu moins de chance que moi. C'était pour cette raison que je faisais des dons à quelques associations. J'avoue que je n'ai pas senti ces dernières années passer, durant lesquelles j'ai eu de nombreuses aventures sans lendemain. Mais celui qui aurait réchauffé mon cœur était loin de moi. C'est terrible, lorsqu'on est malheureux, d'apercevoir de jeunes amoureux s'embrasser : on ne le supporte pas ; en tout cas, moi, ça me rendait malade. J'avais conservé une photo de Paul dans mon sac et il m'arrivait de la regarder, comme pour me dire que moi aussi j'avais quelqu'un quelque part qui m'aimait. Mireille et moi étions restées en contact : chaque semaine elle me donnait de ses nouvelles. Elle était devenue maman une seconde fois, elle avait eu un garçon, aujourd'hui âgé de plus de sept ans, et ma filleule en avait treize. La maman de Mireille était décédée et mon régisseur aussi.

Un matin, j'ai reçu un appel de Blanche : Jean était mort dans la nuit, mon Jean, mon protecteur. Il est parti alors que je n'étais pas présente… Je m'en suis toujours voulu. Je suis rentrée le jour même à La Bastide pour préparer les obsèques. Le jour de l'enterrement, tout notre village, avec petits et grands, était là. Certains étaient venus des communes voisines. Paul était présent aussi, et ça m'a fait plaisir de le revoir.

Je n'ai pas voulu m'attarder à La Bastide. Après avoir réglé quelques affaires et m'être entretenue avec Firmin, je suis repartie à Paris. J'étais très satisfaite de Firmin : il avait appris vite et bien avec Jean, il s'occupait des vignobles de manière rigoureuse, il était à la hauteur. Jean avait été agréablement surpris, et chaque fois que je l'appelais il faisait régulièrement ses éloges. Dans le train qui me ramenait à Paris, je pensais à Blanche. Elle avait vieilli et marchait péniblement ; j'avais bien fait d'embaucher une aide pour la seconder. Mireille se chargeait de cuisiner et n'avait laissé à personne le soin de s'occuper du potager de Marie. J'avais installé Blanche dans la chambre du rez-de-chaussée, la même chambre qui avait abrité François. Firmin pouvait donc occuper le pavillon ainsi libéré.

Il m'avait fallu du courage pour me rendre au caveau familial. En arrivant, j'ai vu que des fleurs fraîches avaient été déjà déposées : c'était Mireille qui en apportait chaque semaine. Mireille… qu'aurais-je fais sans elle ? Avec Romain, ils étaient ma famille. Je l'ai appelée de la gare, juste pour l'embrasser et la remercier : une façon pour moi de me dédouaner de tout ce que je fuyais.

Ce soir-là, j'étais à nouveau seule dans cet immense appartement. Je ne pouvais pas m'endormir car les souvenirs se bousculaient dans ma pauvre tête. J'ai dû m'assoupir sur le fauteuil. Le matin, je me suis levée avec un torticolis et une sale tête. Tout en me brossant les dents, j'ai aperçu dans le miroir quelques cheveux blancs que je n'avais pas vus jusqu'ici, mais il y en avait sans doute davantage. J'ai même remarqué des rides autour de mes yeux. Cela m'a fait sourire, et je me suis souvenue du jour de mes seize ans, où j'avais dit à Marie : « Tu sais, je ne souhaite pas vieillir, surtout pas ! Je veux rester toujours jeune. » Ça l'avait fait rire et elle m'avait répondu : « Tu n'y échapperas pas Camille ! Sache que chaque ride, chaque cheveu blanc est une marque du temps, un souvenir de ta vie passée, et il faut l'accepter avec sourire, car ce sont là des moments vécus. Et lorsque tu seras devenue une vieille dame, ils te tiendront compagnie, et quelquefois même te feront sourire. » C'était tout à fait ça : j'avais trente-six ans, je me considérais comme une jeune vieille dame, mais je songeais à ce qui nous rend plus jeune ou plus vieux : n'est-ce pas l'apparence que l'on donne ?

Il était clair que ce matin je n'allais pas bien. En fait, je m'en voulais. Le verdict était sans appel pour moi : je m'étais condamnée, j'avais déserté La Bastide, j'avais trahi les miens, j'avais fui mes responsabilités. Je me suis détestée pour tout ça. C'est alors que j'ai pris la résolution de rentrer définitivement. Je suis revenue sur mes pas, et avant de monter à l'appartement j'ai appelé Emmaüs pour leur donner l'adresse afin qu'ils puissent récupérer les meubles de François. J'ai prévenu le concierge, fait ma valise et je me suis baladée, une dernière fois, dans cette magnifique ville. J'ai fait de superbes photos, puis je suis passée près du journal. Là, j'avoue avoir versé quelques larmes. Voilà, j'avais fait mes adieux à Paris, mais le cœur rempli de joie et enfin libérée de cet énorme poids que je portais depuis la mort de ma Marie.

En arrivant, ma première visite a été chez le notaire, maître Clerc. Mais c'était son fils qui avait repris sa charge, car maître Clerc père était parti rejoindre toutes ces personnes dont il s'était chargé lors des successions. Il reposait à présent avec elles, dans le cimetière près de l'église de notre village. J'ai donc demandé à son fils de s'occuper de la vente de l'appartement de François et de verser les fonds à la fondation Médecins du Monde. Je suis sûre que c'est ce que François aurait fait s'il ne m'avait pas rencontrée. Dans ma valise, j'avais ramené le cadre avec la photo de François et Marie et le blouson de cuir marron. Ensuite, je me suis rendue dans les vignes où je me suis promenée. Comme cet air particulier me faisait du bien ! J'ai rejoint Firmin et nous avons parlé de Jean. En me dirigeant vers la maison, je me suis arrêtée et je l'ai contemplée : cette demeure avait abrité quatre générations de ma famille. Non, je ne pouvais pas vivre ailleurs, ce retour m'avait permis de me retrouver.

Un matin de novembre, quelques jours après le 13, date de mon anniversaire, Blanche nous a quittés. Je me suis occupée des obsèques. Elle repose près de Jean. Je fleuris la tombe de toutes ces belles personnes que j'ai connues, et j'en suis heureuse. Mireille et moi, nous sommes comme deux sœurs. Romain passe de moins en moins de temps avec nous : entre ses consultations au cabinet et les consultations à domicile, on ne le voit que rarement. Leur petit garçon, Félix, est devenu un charmant jeune homme et ma petite Marianne est magnifique. Elle a les yeux de son père, couleur ciel. Elle est constamment dans mes pattes, ça fait sourire sa mère qui me dit souvent : « On dirait moi à son âge. » C'est vrai : quand nous nous sommes connues, à l'école élémentaire, Mireille me suivait partout, et nous sommes devenues amies rapidement. Aujourd'hui, elle est encore là, et je l'en remercie.

Un jour, alors que je me trouvais dans les vignes, j'ai entendu que l'on m'appelait : c'était la voix de Paul. J'ai cru tout d'abord que je rêvais. C'était impossible, ça ne pouvait pas être lui ! Et pourtant, il était là, derrière moi… Je ne l'ai pas reconnu tout de suite, tellement il avait changé : il était si maigre, déjà qu'il n'était pas épais ! Je l'ai invité à prendre un thé avec moi – je me souvenais qu'il aimait le thé au citron. Nous nous sommes assis, et là, il m'a appris que Rose et lui étaient séparés depuis plus d'un an. Il avait pris un studio près de l'hôpital, ses deux enfants vivaient avec leur mère qui désormais gérait le domaine de ses parents. Il était si attendrissant que j'ai pris ses mains dans les miennes et les lui ai embrassées. Il m'a serrée très fort contre lui. Ce soir-là, il est resté à La Bastide, c'est par la force du destin qu'il a fini dans mon lit. Nous avons fait l'amour toute la nuit. C'était magique, comme au premier soir... Je l'aimais tant, j'aimais tout en lui, même lorsqu'il ronflait, et le savoir tout près de moi me rassurait. Au matin, il a eu du mal à me quitter. Alors je me suis approchée de lui, puis doucement et sensuellement je lui ai dit : « Si jamais tu te perdais encore, reviens donc à la maison. Ici, il y a quelqu'un qui t'attendra toujours. » Il m'a répondu simplement avec un sourire, et ce sourire arrivait encore à me faire basculer. Dieu, que j'aimais cet homme ! Le samedi suivant, j'ai flâné toute la matinée, puis un peu avant midi, Paul est arrivé à la maison avec ses valises, comme si nous nous étions quittés la veille. Il les a déposées dans ma chambre et ne l'a plus quittée. Quelques jours après, il a reçu un courrier de Rose accompagné d'une demande de divorce. Il s'y attendait, et je dirais même qu'il l'avait provoqué. Il était si heureux ! Mireille était ravie. Et à nouveau, nous nous sommes retrouvés tous les quatre, comme lorsque nous avions vingt ans.

Je ferme les yeux et je nous revoie, sous la tonnelle, Romain sur la terrasse avec Paul, un verre de vin à la main, Mireille et moi aidant Marie dans la cuisine, nos fous rires, nos projets de vie, tout ce dont nous avions rêvé et ce que nous avons réellement vécu. Mais qu'importe ! Nous étions en vie et nous étions ensemble. Et par-dessus-tout, il y avait la vigne, la vigne qui nous ressourçait : c'est pour elle que nous nous levions tous les matins, c'est pour elle que toute ma famille s'était échinée, pour qu'elle puisse vivre et nous donner tant de bonheur ! Contrairement à bien des gens, je n'ai pas peur de voyager dans le passé, car je suis toujours certaine que dans mes souvenirs, enfoui dans un coin de ma mémoire, un moment de bonheur est là, et qu'à la fin, un sourire se dessinera sur mes lèvres. Parce ce que même si nous avons connu des moments douloureux, nous en avons connu aussi de merveilleux, et c'est ça qui importe, ces merveilleux souvenirs, ces chansons nostalgiques que chantait Marie, ces chansons qui sont devenues « couleur sépia »... Quelle époque formidable nous avons vécue là !

Les enfants de Mireille et Romain grandissaient, et nous, nous vieillissions par la force du temps. Six magnifiques années s'étaient écoulées. Paul et moi étions si heureux ! Nous étions début décembre, les fêtes de Noël approchaient. J'avais décidé que nous organiserions un réveillon inoubliable, tous les six. Paul était très triste car il avait reçu un courrier de ses enfants l'informant qu'ils ne se verraient pas pour les vacances de Noël : ils allaient passer les fêtes avec le nouveau compagnon de Rose. Il les aimait tant... Aussi, lui ai-je dit : « Ne t'en fais pas, un jour tes enfants reviendront vers toi. Laisse le temps faire les choses. » Il m'a souri : « Heureusement que tu es là ! Je t'aime tant mon amour... » « Tu sais Paul, j'ai longtemps été malheureuse d'avoir perdus mes parents. J'ignorais qu'ils étaient en vie. Tu vois comme les choses de la vie peuvent sembler cruelles au premier abord et par la suite, prendre un tout autre tournant et au bout le bonheur ! Alors oui, j'ai confiance et je me dis qu'un jour tu auras l'occasion de te prouver que tu peux être un père merveilleux, comme tu es un compagnon extraordinaire. » « Ma chérie, tu es mon soleil et tu le resteras toute ma vie. Je t'aimerai jusqu'à mon dernier souffle. »

Le 24 décembre, alors que nous préparions le repas du réveillon, j'étais tracassée par un courrier que j'avais reçu le matin : mes derniers tests cardiologiques étaient mauvais. Je craignais que cette malformation ne me condamne à écourter ma vie... J'allais devoir ralentir mes tâches. C'est vrai que je n'étais pas au mieux de ma forme ces dernières semaines. Je me suis pourtant efforcée de ne rien laisser paraître car je ne voulais surtout pas gâcher notre réveillon. Le 25 au matin, les enfants étaient déjà au pied de l'arbre de Noël, en train d'ouvrir leurs cadeaux : le père Noël les avait gâtés cette année ! J'avais offert à Mireille une belle écharpe, et à Romain une belle pipe – il adorait fumait la pipe le soir dans son fauteuil, comme son père ! Pour Paul, j'avais trouvé un beau chapeau en feutrine marron. Chacun avait donc eu un cadeau. Quant à moi, j'avais reçu de la part de tous les trois un chien : drôle d'idée ! C'était un épagneul breton marron et blanc que j'ai appelé « Fripouille ». Curieusement, je l'ai tout de suite adoré. Il était très joueur et très affectueux. Ensuite, Paul s'est avancé vers moi et m'a demandé de fermer les yeux. Je me suis exécutée. Il a pris ma main et j'ai senti un léger froid sur mon annulaire gauche. J'ai ouvert les yeux et j'ai découvert la magnifique bague qu'il m'avait offerte lors de nos fiançailles. Rose la lui avait rendue lorsqu'elle avait demandé le divorce. C'est avec joie que j'ai accepté de la porter à nouveau. La journée a été agréable. Nous avons fait griller des marrons dans l'après-midi, les enfants étaient ravis. Puis nous nous sommes amusés avec eux jusqu'en début de soirée. Après un repas léger, nous avons visionné des westerns, dont nous étions tous les quatre des fans, sans oublier les popcorns que Mireille avait préparés. Nous nous sommes couchés très tard. Lorsque nous étions au lit, j'ai posé ma tête sur l'épaule de Paul et je lui ai demandé pour la première fois comment Rose avait su pour nous deux. « Camille, quelques mois après notre après-midi d'amour que nous avions « volé », je suis devenu très distant avec elle. Je faisais toutes les gardes à l'hôpital, je traînais pour ne pas rentrer, je pensais à toi jour et nuit, je devenais fou et à fleur de peau. Un jour, à la suite d'une grosse altercation avec Rose et devant ses questions incessantes, je lui ai tout avoué. Mais elle le savait déjà, elle l'avait senti. C'est alors qu'elle m'a demandé si je t'aimais toujours. J'ai répondu que oui, et que ni elle ni le temps ne me feraient cesser de t'aimer. Ensuite, elle m'a demandé si nous nous étions revus, et j'ai répondu : « Oui, une seule fois. » J'ai préféré lui dire la vérité, car je ne voulais pas mentir sur nous deux. C'était le seul sentiment pur qui me restait, je ne voulais pas l'entacher avec un mensonge. Tu sais, de toute façon, nous n'avions jamais connu de passion tous les deux : nous vivions comme des camarades, et avec le temps, les enfants grandissant, nous étions déjà des étrangers vivant sous le même toit. » J'ai posé mon doigt sur sa bouche et je lui ai demandé de se taire. Ensuite, nous avons fait l'amour tendrement.

Le jour de l'an, nous n'étions que tous les deux avec les enfants : pour une fois, Romain avait accepté de prendre quelques jours pour offrir à Mireille un séjour à Rome. Depuis le temps qu'elle en rêvait ! Paul et moi avons été comblés en nous occupant de Marianne et de Félix.

Au printemps, j'ai pris rendez-vous avec ma gynécologue : je voulais comprendre pour quelle raison je ne parvenais pas à tomber enceinte. Elle m'a demandé si Paul avait un problème quelconque, j'ai répondu qu'il était père de deux enfants et que le problème venait donc certainement de moi. Nous avons parlé longuement. D'après elle, j'avais un blocage, dû à un évènement dans mon passé. C'est alors que j'ai pensé à la lettre que ma mère m'avait laissée, m'apprenant la vérité sur ma naissance. Je le lui ai expliqué. Pour elle, il n'y avait aucun doute, cela expliquait ce blocage. Elle m'a remis la carte d'un psychologue qui pourrait certainement me venir en aide. Je l'ai remerciée, et en sortant du cabinet j'ai jeté la carte, puis je suis rentrée à La Bastide.

L'été de cette année-là s'annonçait très chaud. Je passais beaucoup de temps à lire. Paul avait interrompu ses consultations à l'hôpital. Il aidait parfois Romain dans ses consultations au cabinet, mais il passait le plus clair de son temps avec moi : nous faisions de longues balades et nous parlions beaucoup. Un jour, alors que nous étions en train de déguster un excellent Saint-Émilion que lui avait donné son oncle, il a fini par m'avouer que son frère avait besoin de lui au domaine, car à la mort de son père, son oncle avait repris les rênes du domaine et la gestion en souffrait. Sa mère avait eu choc émotionnel : elle ne sortait plus et parlait toute seule, son jeune frère craignait pour elle. Aussi, Paul avait décidé de regagner le domaine pour quelque temps et je l'y ai encouragé. Je ne l'ai pas revu durant près de six mois, mais il m'appelait régulièrement pour me donner des nouvelles. Il a réussi à redresser la gestion dont il a confié le soin à son frère, en garantissant qu'il reviendrait au domaine de temps à autre pour le contrôler. Pour ma part, j'ai respecté cet éloignement, car j'étais passée par là.

C'est par un bel après-midi que Paul est revenu à La Bastide avec sa petite valise. Dès que je l'ai vu derrière la grille, je me suis mise à courir vers lui et je suis tombée dans ses bras. « Mon amour, je suis si heureuse de te revoir, tu m'as tellement manqué ! » « Moi aussi chérie, tu m'as tellement manqué ! Camille, je suis revenu pour ne plus te quitter. Les affaires de famille étant maintenant réglées chez notre notaire, je vais passer chaque seconde de ma vie avec toi. » Il m'a embrassée. « Viens, allons sous la tonnelle, j'ai une surprise pour toi. » Je me suis empressée de le suivre. Là, il a sorti de sa poche une enveloppe et me l'a tendue. Je l'ai ouverte et j'ai sauté de joie : deux billets d'avion pour New York ! « Je viens de réserver tout un séjour à New York. Vois-tu, je sais que tu souhaites monter tout en haut de l'Empire State Building. Je l'ai compris lorsque je t'ai vue regarder le film *Elle et lui* avec Cary Grant et Deborah Kerr. Je sais aussi que tu rêves de voir la statue de la Liberté. Voilà, nous partirons y fêter ton anniversaire. » J'étais si heureuse ! C'est vrai que je rêvais de New York mais je ne voulais pas m'y rendre seule. J'étais comme une enfant découvrant son cadeau au pied de l'arbre de Noël. Paul était tellement attentionné, il comblait le moindre de mes désirs. C'était pour moi un homme parfait. Ces années passées avec lui ont été pour moi les plus belles de ma vie. J'avais traversé de dures épreuves dès mon plus jeune âge ; aussi, c'était désormais une belle revanche, je nageais dans le bonheur. Je souhaite à toutes les femmes de connaître un amour comme le nôtre, une fois dans leur vie, un amour profond et intense, un voyage enivrant qui ne s'arrêterait jamais. Paul avait fait les choses en grand : il avait réservé une chambre dans un hôtel cinq étoiles tout proche de Broadway où nous irions assister à la représentation d'une comédie musicale. Puis il y avait l'Empire State Building, la statue de la Liberté, le Metropolitan Museum, et bien sûr tant d'autres choses... J'ai couru dans le salon où se trouvait Mireille et j'ai crié : « Je vais réaliser mon rêve, Mireille ! Je pars à New York avec Paul, pour mon anniversaire ! » Elle a sauté de joie, m'a prise par les mains et nous avons valsé toutes les deux, comme des gamines, sous le regard admiratif de Marianne qui souriait mais ne comprenait pas tout. Maintenant que j'y pense, je n'ai même pas remercié Paul que j'avais planté sous la tonnelle. Mais il m'avait déjà rejointe. « Mon amour, je te remercie pour ce généreux cadeau ! »

Nous étions le 10 novembre, j'avais hâte de m'envoler pour New York. Ce jour-là, j'avais un rendez-vous important. Je n'avais informé personne de mon état, car je savais que les derniers tests à l'effort n'étaient pas bons. Mon traitement s'était alourdi, et je l'avais caché à Paul. J'avais donc décidé de me rendre seule à l'hôpital. Arrivée devant l'entrée, je suis tombée nez à nez avec Romain. Il ne m'a pas lâchée jusqu'à ce que je finisse par lui dire la vérité. Il s'est fâché et m'a traitée d'irresponsable. En fait, il avait peur pour moi. « Camille, je ne te comprends pas ! Tu es heureuse avec Paul, nous tenons tous à toi, alors pourquoi te comportes-tu ainsi ? Tu dois le dire à Paul, prendre ton traitement et te reposer. Je crains que ce voyage te fatigue encore plus. » « Romain, je vis un grand bonheur ! Ne t'avise pas de le dire à qui que ce soit, il y va de notre amitié. Je t'en prie, ne gâche pas tout, promets-le-moi… Allez ! » « Toi, promets-moi d'abord qu'à ton retour, tu te conduiras comme une adulte et que tu lèveras le pied. » « D'accord, je te le promets. » « Bon, je ne dirai rien pour l'instant. » « Tu sais, New York, pour moi c'est la lune de miel que je n'ai jamais eue ! Je ne voudrais pas que Paul m'interdise quoi que ce soit, je veux m'amuser comme une folle et ne pas me préoccuper de mon état. Et quand bien même il devait m'arriver quelque chose, j'aurai été heureuse toutes ces dernières années et j'emporterai avec moi ces merveilleux moments. Tu peux comprendre ça… Je compte sur toi, tu es mon meilleur ami ! Je te laisse, je vais être en retard. » Je l'ai embrassé et j'ai pris l'ascenseur. Comme je l'avais prévu, mon cardiologue a dit que mon cœur était très fatigué. Il m'a prescrit du repos à outrance. Je ne lui ai pas dit que je partais : le connaissant, il aurait peut-être alerté Paul, et ça, ce n'était pas possible. Pourtant, j'étais si sereine, je ne me sentais pas fatiguée. Je me disais que les médecins ont tendance à exagérer les faits pour nous obliger à suivre leurs instructions. Après tout, pourquoi ne pas défier ce diagnostic ? Je voulais ne plus penser à tout ça, et surtout ne pas gâcher mon séjour. J'ai fait quelques achats : lingerie, robes, escarpins, sacs, parfum… J'étais prête à conquérir New York ! Je suis rentrée tard. Mireille m'attendait, elle était inquiète, et je l'ai rassurée : « Mireille, arrêtez de me surveiller, je suis assez grande pour me prendre en charge ! Ce n'est pas parce que je vais vers mes quarante ans qu'il faut se faire du mouron. Je sais que cette maudite malformation est la cause de la mort prématurée de toutes les femmes de notre famille – elles sont mortes entre trente-huit et quarante-deux ans –, mais tu verras que moi je serai encore là. Alors fais-moi plaisir, ne me parle plus de tout ça. Je monte essayer toutes mes toilettes, je veux que tu me dises ce que tu en penses. » J'ai essayé mes robes avec mes escarpins, j'étais ravie de mes achats. Mireille m'avait rejointe. « Camille, tu es très sexy, je ne t'avais jamais vue ainsi. Toi en guêpière, je n'en reviens pas ! » « Regarde ce slip, je crois bien qu'il est plus indécent de se balader avec que sans !» Nous nous sommes mises à rire. Puis j'ai sorti un petit paquet de mon sac : « Tiens, c'est pour toi. » « Arrête de me faire des cadeaux, on va se poser des questions ! » « Ouvre ! » « Oh mon Dieu, je crois bien que Romain va veiller cette nuit ! Mais comment ça se met ? » « Descends dans ta chambre, je pense que tu finiras par trouver… » Nous avons éclaté de rire. « Je compte sur toi, Mireille, je te confie La Bastide. Nous serons rentrés pour le 30. Te rends-tu compte ? Quinze jours à New York ! Ecoute ça : *Start spreadin' the news, I'm leavin' today, I want to be a part of it, New York, New York*, malheureusement, ce sont les seules paroles que je connais de cette chanson… » « Tu es incroyable, une vraie gamine ! Bon allez, je descends nous préparer un bon dîner. » « Fais-moi penser à dire à Firmin qu'il ne se dérange pas demain : c'est

Orane

Romain qui nous dépose à l'aéroport, il m'a dit qu'il devait faire quelques courses au centre de Bordeaux. » Cette nuit-là, je n'ai pas fermé l'œil. Paul et moi, nous avons passé en revue tout ce que nous souhaitions voir là-bas, à commencer par l'Empire, bien entendu. J'avais hâte d'y être, je me suis assoupie avec les revues dans ma main.

La nuit a été courte : trois heures de sommeil à peine, mais je dormirai dans l'avion. J'ai embrassé Mireille et les enfants. À l'aéroport, Romain m'a dit de prendre soin de moi, et ça n'a pas raté : je me suis mise à pleurer comme une madeleine. Paul a sorti une boîte de kleenex de son cabas et me l'a donnée devant tout le monde avant le passage des portiques. Je ne savais plus où me mettre... Nous avons repris un café, histoire de nous réveiller, et j'ai pu apercevoir à travers la baie vitrée l'avion que nous allions prendre. Je ne sais pas pourquoi, j'étais très émue. Le trajet a été long pour moi, je n'ai pas arrêté de bouger, il me tardait d'arriver.

Nous y étions enfin ! Lorsque j'ai aperçu les taxis jaunes, j'étais déjà sous le charme. L'hôtel était magnifique, et je n'étais pas au bout de mes surprises : Paul avait réservé une suite avec une vue superbe, champagne et fraises nous attendaient... Il s'était surpassé, j'étais stupéfaite ! Le soir, nous avons dîné aux chandelles dans notre suite et nous avons fait l'amour toute la nuit : ma petite lingerie avait fait sensation... Dès le lendemain, notre première visite a été bien sûr l'Empire State Building. Je me pinçais pour m'assurer que je ne rêvais pas... Lorsque l'on se retrouve perché complètement là-haut, c'est vertigineux ! Je n'oublierai jamais cette vue panoramique, c'était fantastique.

Nous avons ensuite pris le ferry pour nous rendre à Liberty Island, voir la statue de la Liberté. C'est fou lorsqu'on pense que cette île se trouve dans le port de New York, à peine à deux kilomètres de Manhattan... Nous y avons acheté les fameux hot-dogs. D'ordinaire, je n'aime pas ça, mais j'avoue que ceux-là étaient délicieux. Il fallait absolument les goûter pour s'imprégner de l'atmosphère américaine. Au pied de la statue, Paul et moi étions fiers d'être français : n'oublions pas que c'est une création française. Nous avons fini par Central Park où nous sommes restés plusieurs heures à contempler les petits écureuils qui font la joie des petits et des grands. Nous avons même assisté à un match de baseball avec des anciens joueurs. J'ai cru comprendre qu'ils faisaient un match une fois par mois. Non seulement la journée avait été bien remplie, mais elle avait été tout simplement fabuleuse ! Et puis j'étais enchantée à l'idée de dîner dans un restaurant dans le quartier français. Le second jour, le Metropolitan Museum, puis Chinatown, Little Italy, Greenwich Village et d'autres quartiers. Nous avons aussi programmé un tour de la ville en hélicoptère. Mais après une semaine de visite, j'ai été un matin incapable de me lever tant j'étais fatiguée. J'ai demandé à Paul de faire une journée « farniente ». Il m'a trouvée un peu pâle. Ce jour-là, sans me le dire il a contacté mon cardiologue à Bordeaux. Lorsqu'il est remonté, il était furieux ! Le ton est monté si vite que je n'ai pas eu la force de lui tenir tête. « Camille, je t'ai fait confiance durant toutes ces années où je devais me tenir à l'écart de ta maladie, et ce, à cause de cette stupide promesse que je t'avais faite. Tu avais alors souhaité te faire suivre par un cardiologue autre que moi, et tu m'avais demandé de te laisser gérer seule ton état et de te faire confiance. Réponds-moi, c'était bien ça ? » « Oui, je sais, mais je t'en supplie, ne sois pas dur avec moi. Je voulais simplement que tu ne me voies pas avec les yeux d'un médecin pour son patient, je ne voulais pas que mon état soit un sujet de conflit. Paul, je te demande pardon, et je te promets qu'en rentrant je t'obéirai, je me reposerai et… » C'est alors que j'ai eu un étourdissement. Pauvre Paul, les soucis que je lui ai donnés ! Je suis restée dans ma chambre toute la journée. Le lendemain matin, Paul m'a dit qu'il avait fait modifier notre retour et que l'on rentrerait plus tôt que prévu. Je me suis levée en lui disant que ça allait beaucoup mieux, mais lorsque je me suis regardée dans le miroir j'ai bien vu que j'étais très blême. Il nous restait la comédie musicale que je ne voulais pas rater, mais Paul ne voulait pas en entendre parler. Je me suis assise et j'ai fondu en larmes. Il m'a alors prise dans ses bras, et le soir nous avons assisté à cette représentation : c'était sublime ! Pour finir, Paul avait commandé un dîner romantique dans notre suite : je me suis régalée, tout était parfait ! Lorsque je me suis couchée, j'ai ressenti une pointe au cœur mais je n'ai rien dit. Ce soir-là, je me suis endormie rapidement, et je n'ai émergé qu'à 9 h. Paul m'avait laissé dormir, il avait fait les valises, tout était prêt.

Nous sommes rentrés une semaine avant la date prévue. J'étais très triste d'avoir écourté notre voyage. Romain nous attendait à l'aéroport, il était heureux de nous revoir. Paul n'avait pas décroché un mot durant tout le trajet. Dès notre arrivée, je suis montée dans ma chambre, et j'ai dormi deux jours consécutifs : cela m'a fait un bien fou, j'avais récupéré et je me sentais à nouveau en pleine forme. Quand je suis descendue, Mireille était dans la cuisine. Elle m'a embrassée, mon petit-déjeuner m'attendait. « Je suis contente que tu ailles mieux. Alors maintenant, tu vas m'écouter : tu ne bouges plus, tu te reposes et tu ne discutes pas ! Et ne me demande pas où est Paul, il avait rendez-vous avec ton cardiologue. » « Ne rajoute plus rien Mireille, je t'en prie, j'ai bien compris. Je vais me reposer. » En fin de matinée, je suis allée marcher le long des vignes avec ma filleule. Marianne aimait ces promenades. Mon chien Fripouille était avec nous. En fait, ce chien suivait Marianne partout car elle s'en occupait beaucoup plus que moi. Tout en marchant, je lui ai raconté New York et je lui ai promis qu'un jour je l'y emmènerais. Ensuite, nous sommes allées au chai. Marianne posait beaucoup de questions sur les vignes : elle semblait avoir attrapé le virus, elle aussi. Paul est arrivé, il m'a fait de gros yeux et m'a prise dans ses bras. Après le déjeuner, je suis allée m'allonger dans ma chambre, Paul m'y a rejointe et nous nous sommes endormis l'un contre l'autre. Que j'aimais son grain de peau, son odeur suave… Il avait vieilli, mais contrairement à moi, il était de plus en plus beau, le temps n'avait pas altéré son corps. C'est injuste d'ailleurs qu'une femme soit marquée par le temps plus rapidement qu'un homme ! Lui prétendait que mon corps n'avait pas changé, je le soupçonnais de ne pas être objectif… Mais il m'aimait, et c'était là son excuse.

Nous approchions du mois de décembre, il fallait penser aux cadeaux de Noël. Depuis quelques jours, j'avais envie de vomir régulièrement. Aussi, j'ai préféré consulter mon médecin. Le surlendemain, il m'a appelée et m'a demandé de passer le voir. Lorsque je suis arrivée, il m'a annoncé que j'étais enceinte. Je suis restée sans voix et je me suis assise. « Vous êtes sûr docteur ? » « Oui, absolument sûr, Camille. Il va falloir vous ménager si vous voulez porter à terme cet enfant. Vous êtes enceinte de six semaines. » Le calcul était vite fait : nous avions conçu cet enfant à New York. J'étais si heureuse ! Et même si les chances de porter cet enfant à terme n'étaient pas de 100 %, je me suis fait la promesse de mettre ce bébé au monde, quoi qu'il m'en coûte : c'était ma dernière chance de devenir à mon tour maman. En rentrant à La Bastide, je ne savais pas comment l'annoncer à Paul. J'ai donc pris la décision d'attendre le moment propice.

Mireille et moi décorions l'arbre de Noël lorsque j'ai eu une terrible envie de vomir. Quand je suis sortie de ma chambre, Mireille m'attendait en bas des escaliers. « Tu es enceinte, n'est-ce pas ? » « Oui, et je ne sais pas comment faire, Mireille, je ne comprends pas comment c'est arrivé. Ma gynécologue m'avait affirmé que je faisais un blocage et qu'il fallait que j'aille consulter un psychologue, mais je n'en ai rien fait. » « Mais c'est formidable, Camille ! Pourtant, tu n'as pas l'air si heureuse … » « J'ai peur de ne pas arriver à terme. » « Il n'y a qu'une solution : tu ne fais plus rien ! Du repos, du repos et du repos, et tu seras une merveilleuse maman. » « Bien sûr, mais si je venais à mourir, qui s'occuperait de l'enfant ? » « Ah non, pas ça ! Ne pense plus à ça, tu m'avais promis, Camille… » « Très bien, tu as raison. Je vais mettre ce bébé au monde et tout ira bien. Par contre, Mireille, pas un mot à personne, c'est moi qui l'annoncerais. » « Je serai une tombe ! »

Nous étions en train de préparer le repas, et Marianne nous aidait à présent. Quant à Félix, il avait commencé à manger les cookies. « Félix, veux-tu poser ça immédiatement ! » s'est écriée Mireille. « Mais maman, je les goûte pour savoir s'ils sont bons ! » Nous nous sommes regardées toutes les trois, et du coup nous avons aussi mangé un cookie. Ce soir-là, une douceur de vivre régnait dans la maison. Nous étions si bien ! Soudain, j'ai couru aux toilettes. Paul m'a suivie : il n'avait pas tardé à comprendre. « Quand avais-tu prévu de me l'annoncer, Camille ? J'ai bien vu que tu allais vomir presque tous les matins, et puis tes seins ont légèrement grossi. « Excuse-moi, Paul, je l'ai appris il y a seulement quinze jours… Je suis enceinte de huit semaines. » « Mais c'est merveilleux, ma chérie ! Je suis si heureux ! Nous allons avoir un bébé, rien qu'à nous… Je suis le plus heureux des hommes » ! Puis brusquement Paul s'est assis et son sourire a disparu, « Paul, que se passe-t-il ?… » « Ma chérie, je ne peux pas m'empêcher de penser que peut-être je vais te perdre, et ça je ne l'admettrais pas. Cette grossesse va te fatiguer, j'ai bien peur… ». « Chut ! Paul, il ne m'arrivera rien, je vais me battre, et j'aurais gain de cause, tu verras ! « Tu ne dois pas penser à ça, bien au contraire. Et puis je suis là, je vais me battre avec toi, nous y arriverons, tu verras ! Et dorénavant, tu ne feras plus rien, du repos tous les jours, promets-le-moi ! » « Tu ne vas pas t'y mettre toi aussi ! Je te le promets, embrasse-moi. » « Je t'aime mon amour ! » « Tu as raison, on ne va pas se laisser aller maintenant que nous allons devenir parents : il faut donner la vie à cet enfant, et tout le temps que je passerai avec lui sera d'autant plus merveilleux. » Après un long baiser, nous avons rejoint la salle à manger. J'ai pris mon verre et j'ai dit : « Je suis heureuse de vous annoncer que nous allons avoir un bébé, Paul et moi. Je m'adresse tout particulièrement à toi, Romain, car tu es le seul à ne pas le savoir. » Romain a répliqué : « Eh bien ! Je dois dire que ça devient une habitude ! » Nous avons éclaté de rire. Puis il a ajouté : « Oh mes amis, que je suis heureux pour vous deux ! Plus il y aura d'enfants dans cette maison, plus il y aura de la vie ! Levons nos verres et joyeux Noël à nous tous ! » J'ai bu mon verre d'un seul trait. Je m'étais faite à l'idée de devenir maman à mon tour, et cette angoisse que j'avais eue en l'apprenant, avait disparue faisant place à une grande joie.

Paul me surveillait tous les jours. Lorsqu'il me voyait porter des charges ou partir pour de longues marches le long des vignes, il me rejoignait et me grondait. Tout en marchant, je songeais souvent à François. J'aimais à penser qu'il avait enfin retrouvé sa compagne à jamais, Marie, ma mère, et qu'ils étaient auprès d'Adèle, Julien, Madeleine, Mathis, Jean, Blanche et enfin Camille, et qu'ils étaient heureux de savoir que la descendance était désormais assurée, que La Bastide vivrait encore. Les mois se succédaient, et mon ventre grossissait. Les dates de mes rendez-vous chez mon obstétricienne étaient inscrites sur le tableau du pense-bête de la cuisine, Paul organisait mes rendez-vous cardiologiques, mes séances de relaxation prénatale, et exigeait d'être présent à tous les rendez-vous. Mireille surveillait mon alimentation, et Romain faisait en sorte de minimiser ma consommation de vin, car même si Paul me l'interdisait, je ne pouvais pas m'en passer : j'avais donc droit à un verre de vin par jour, voire deux.

J'étais arrivée au huitième mois. Je ne voulais pas connaître le sexe de mon bébé, mais je sentais que c'était une fille. Alors, nous avons commencé à choisir les prénoms. À nouveau, nous nous disputions pour des broutilles, mais c'était moi qui avais gain de cause chaque fois. Paul a fini par jeter l'éponge et m'a laissé choisir le prénom de mon bébé. Puis le grand jour est arrivé. Devant la clinique, j'étais déjà très anxieuse, mais toute l'équipe médicale a été formidable avec moi : ils n'ont cessé de me dire que tout allait bien se dérouler. L'accouchement a été difficile car j'étais très affaiblie, mais mes cours de relaxation m'ont beaucoup aidée. Paul me tenait la main en me souriant. Et puis j'ai aperçu la tête de mon bébé… Lorsqu'on l'a posé sur moi, j'ai vu que c'était une petite fille : elle était magnifique ! Paul pleurait, c'était un moment très émouvant. Quand j'ai regagné ma chambre, elle était inondée de roses : je devais cette attention à mon tendre amour. En fin d'après-midi, Mireille, Romain et les enfants sont entrés dans la chambre. « Je vous présente, Marie, Camille Meunier-Bricourt ! » Finalement, Paul était ravi de mon choix. Ma petite Marie était brune. Elle avait déjà des cheveux très noirs et les yeux de Paul, Mireille a dit : « Vous verrez : cette belle brune aux yeux verts va faire des ravages ! » Nous avons ri. Romain avait apporté une bouteille de champagne et des coupes, et nous avons fêté la naissance de notre bébé. Le matin de mon départ pour La Bastide, j'attendais avec une grande anxiété le résultat du diagnostic de ma petite fille. Mon obstétricienne est arrivée dans la chambre avec d'excellentes nouvelles : elle nous a assuré que notre petite Marie ne souffrait pas de cette malformation. J'ai laissé échapper un cri de joie. Paul et moi pleurions ensemble... Quel soulagement et quel bonheur ! Notre famille serait donc épargnée de cette épée de Damoclès... Après toutes ces années volées aux femmes de notre famille, quelle belle revanche ! Nous avions réaménagé notre chambre durant ma grossesse, et quelques travaux avaient été nécessaires : nous avons cassé le mur entre la chambre de ma mère et la mienne, ainsi nous avons pu agrandir notre chambre ; la chambre d'invités est devenue celle de ma petite Marie ; la grande chambre de mes grands-parents a été divisée en deux pour accueillir Marianne et Félix, et la chambre du bas était désormais celle de Mireille et Romain.

Je n'ai pas pu allaiter Marie très longtemps, mais elle ne s'en plaignait pas, elle avait accepté le biberon. C'était un bébé tranquille, elle ne pleurait jamais, sauf lorsqu'elle avait faim. Comme elle dormait beaucoup, je me suis inquiétée au début, mais le pédiatre m'a rassurée : c'était tout simplement un bébé calme, il ne fallait pas s'alarmer outre mesure, Paul ne la quittait plus. Il lui chantait des berceuses, et quelquefois, je le surprenais en train de lui parler : il lui racontait notre rencontre, le domaine, les vignes... je n'en revenais pas ! Le plus incroyable, c'est qu'on avait l'impression que Marie comprenait : elle buvait ses paroles en le regardant avec des yeux ronds, et Paul lui souriait. Fripouille s'était invitée dans la chambre de Marie. Ce chien était devenu son garde du corps, et lorsqu'un inconnu s'approchait du berceau, il grognait : lui aussi, veillait sur elle. J'étais très heureuse. Cependant, je ne parvenais pas à reprendre des forces, et mon médecin m'avait prescrit un traitement de vitamines ; je devais aussi faire de la marche quotidiennement. J'avais retrouvé confiance en moi et je ne pensais plus au temps qu'il me restait. J'appréciais les moments que je passais auprès de mon bébé, je vivais pleinement mes journées et j'avais même envie à nouveau de faire l'amour. Aussi, un soir, après avoir endormi Marie, j'ai eu une envie irrésistible de faire l'amour avec Paul : j'ai ressorti ma guêpière et mes bas, le seau à champagne était posé sur la console près de ma commode, les flûtes étaient fraîches, la lumière tamisée. J'ai attendu que Paul monte. Lorsque j'ai entendu ses pas, j'ai lâché mes cheveux et je me suis allongée sur le lit en m'offrant pleinement à lui. Il était enchanté par mon initiative. Nous avons fait l'amour doucement et longuement, puis je me suis blottie dans ses bras et je me suis endormie.

Nous allions fêter le premier anniversaire de notre fille pendant les vendanges. Ce jour-là, nous avons commencé dès le matin à préparer cette journée mémorable : des lampions sous la tonnelle, des guirlandes dans la maison. Paul m'avait acheté un canapé d'extérieur pour que je sois confortablement installée. Le salon était rempli de cadeaux. Ma petite fille commençait à marcher à quatre pattes. Elle était volontaire et très curieuse, elle voulait tout découvrir par elle-même. Aussi, Paul ne la lâchait pas des yeux, il la couvait comme une poule couve ses œufs. Lorsqu'elle était là, je n'existais plus. C'était un père formidable ! Il n'avait pas pu être présent pour ses enfants comme il l'aurait souhaité. D'ailleurs, quand il recevait de temps à autre une lettre ou un appel de ses enfants, il en était très heureux. Il leur avait même proposé de venir au domaine, et ses enfants avaient accepté. Il en était très fier et je voyais bien que ça le rendait heureux. Mireille est venue me voir pour me demander de la laisser organiser mon anniversaire pour mes quarante-deux ans : elle me savait fatiguée, et elle souhaitait me décharger de toute corvée. Ainsi, je pouvais passer quelques heures auprès de Firmin. J'étais sûre que le fantôme de Jean, veillait sur Firmin : c'est avec passion qu'il régissait notre domaine. J'ai donc échappé à la surveillance de Paul et de Mireille, et je suis allée le rejoindre.

Quelques jours avant mon anniversaire, je me suis rendue chez mon notaire : je laissais tous mes biens à mon unique enfant, et Paul aurait la jouissance de La Bastide. Je me suis également adressée à un groupe financier pour gérer le patrimoine sous la direction de Paul et de notre notaire, afin que ma petite Marie soit à l'abri de toute mauvaise gestion. Depuis l'annonce de ma grossesse, j'avais pris des notes dans des carnets numérotés à l'attention de ma fille : je lui racontais l'histoire de notre famille et celle de La Bastide, et je lui demandais de la transmettre à ses enfants afin que l'histoire de notre famille perdure.

Le jour de mon anniversaire, Paul m'avait accompagnée à Bordeaux pour faire les vitrines. Je suis revenue la voiture chargée de cadeaux pour tout le monde : j'aimais voir les gens heureux autour de moi, et je voulais que la fête soit générale. Après notre arrivée, je me suis éclipsée. Je suis allée à notre caveau pour déposer des fleurs et parler à ma mère et à mon père de ma petite Marie. Ensuite, j'ai demandé à Firmin de se joindre à nous. Nous étions ainsi tous réunis. Le repas était succulent, Mireille nous avait comblés ! Nous avons chanté des chansons nostalgiques, Romain faisait virevolter Mireille, Paul dansait avec Marianne et Félix. Quant à moi, j'ai profité de cet instant pour monter voir mon trésor. Ma petite Marie dormait paisiblement dans sa chambre ; malgré la musique et les danses, mon bébé ne s'était pas réveillé. Je n'ai pas pu résister : je me suis penchée et je l'ai embrassée tendrement. Pleinement heureuse et comblée, je suis descendue et je me suis dirigée sous la tonnelle pour trouver un peu de calme. Puis la musique s'est arrêtée. J'entendais Mireille et Romain se chamailler. Paul est venu me rejoindre, je lui ai demandé de me préparer une tisane au jasmin. Ensuite, il y a eu un long silence. J'ai levé les yeux au ciel et j'ai contemplé les étoiles : j'imaginais que mes parents étaient devenus des astres et qu'ils me regardaient depuis là-haut. Je me suis allongée et j'ai laissé tomber ma tête en arrière. J'étais si bien… Je me suis sentie partir. C'est alors que j'ai entendu une voix lointaine : C'était Paul qui m'appelait… Je distingue une lumière blanche et deux silhouettes me tendre la main. Je souris.

FIN

www.ingramcontent.com/pod-product-compliance
Lightning Source LLC
Chambersburg PA
CBHW021206130626
46554CB00005B/2007